野いちご文庫

極悪非道な絶対君主の甘い溺愛に抗えない

柊乃なや

STARTS
スターツ出版株式会社

目次

「もう何回もやってるでしょ。いい加減慣れろって」

「も……っ、やぁっ」

「そういうときは〝いや〟じゃなくて、なんて言うんだったっけ?」

野性的で冷たい眼差し。

「そう。教えたことちゃんとできてえらい」

まやかしの笑顔に甘い声。

「お前……本当に可愛いね」

──彼は魅惑の絶対君主。

＊＊＊

親に売られた少女・冬亜《とあ》と
裏社会の絶対権力者・相楽《さがら》。

二人の、三ヶ月間限定の同居生活が始まる。

プロローグ

「あのさ、返済期限とっくに過ぎてんだわ。てめぇは約束も守れねぇのか？」

新しいアパートに引っ越してきてからこれまでの一ヶ月間、平和だったから油断してた。

逃げ切れたのかなって。諦めてくれたのかなって。

呑気《のんき》なことを考えてたけど、野蛮な借金取りさんの辞書に『逃がす』なんて言葉はどうやら存在しないみたい。

「オイなんとか言えよ！」

アパートの吹き曝《さら》しの廊下に怒号が響いた。

季節はもう夏に差し掛かろうとしているのに、足元から這《は》い上がる冷気が体温を奪っていく。

ああ……また取り立てに怯《おび》える日々が始まってしまった。

街の外れにポツンと建っている、入居者がほぼいないさびれたアパートだから、ご近所に迷惑がかからないことだけは不幸中の幸い……かな。

俯《うつむ》いたまま、気づかれないように視線だけを上に移動する。

わたしを取り囲んでいるのは、カジュアルスーツを着た三人の男性。

引っ越す前はいつも二人組だったのに、今日は一人増えてる。

お馴染みの二人組から一歩引いたところに立っている彼は、ちらっと見た限り若そうで、恐らく新顔さん。

廊下の柵に片肘《かたひじ》をついて、一言も発さず気だるげにこちらを眺めている。

まずは見て学べ、って感じで連れてこられたのかもしれない。

それにしてはとてつもなく無関心な印象を受けるけど……。

「つか、債務者本人はどこだよ。今日こそきちんと返してくれるんだろうな」

手前の男性に距離を詰められ、扉に背中がぶつかった。

早くも逃げ場を失ってしまう。

「……すみません。母は出かけていて、家にいなくて」

「そーいうのが通用すると思ってんの？」

「ほ、本当ですっ。しばらくは帰って来ないと思うので、今日はお引き取りいただけたら――」

「ふざけたこと言ってんじゃねえ！」

隣にいた男性がガァン！と乱暴に扉を蹴《け》った。

扉に穴が空くんじゃないかと心配になるほど力強い蹴りに、体はすっかり冷えきった。

「てめぇの母親がいようがいまいが関係ねぇんだよ。金を渡せ。ただそれだけだ」

唇を噛《か》む。

お母さんは家にいない。これは本当。

新しい彼氏ができたと言って出かけてから、もう一週間ほど帰ってきてない。

以前までは、お母さんがいない日は『次までに用意しとけ』と言って帰ってくれてたのに……。

この人たちの怒りを買って、取り立てがさらに厳しくなって。

やっぱり夜逃げなんてするべきじゃなかったよ、お母さん。

「おい聞いてんのか。金出せっつってんだよ!」

「っ、ぅ」

胸ぐらを掴《つか》まれた。

「女でも子供でも容赦しねぇからな」

相手の開ききった瞳孔《どうこう》を見て、あ、本気だって。言うことを聞かないと容赦なくやられるって。

そう悟ってしまったせいで恐怖に支配され、喉元《のど》まで凍りつく。

バイトを掛け持ちして新生活の資金をコツコツ貯めてたから、お金がないわけじゃない。

それに今日はちょうどお給料日で、スクバの中にはおろしてきた八万円もある。

だけど、お金を差し出そうという意思に体が伴わないせいで、だんまりを決め込んでいると認識されてしまったみたい。

「てめぇいい加減にしろよ」

相手が拳を振り上げる一連の流れが、やけにスローモーションで目の前を流れた。

あ……殴られる。

反射的に目を閉じたのと、

「やめといたほうがいいですよ」

――恐ろしく静かな声が鼓膜《こまく》を揺らしたのは、ほぼ同時。

拳が落ちてくる気配は一向になく、時間が止まったのかと錯覚した。

「相楽、いきなりなんだよお前」

「その女まだ若いし、金になる体を傷つけんのは得策じゃないです」

ゆったりとした口調でそう答えたのは、一歩引いた場所からこちらを見ていた新顔の彼だ。

手前の二人より明らかに年下で意見できる立場じゃないだろうに、こんなことを言って大丈夫なのかな……？

余計に二人を怒らせるんじゃ……。

そんな不安に駆られたけど、やがて二人は不服そうにしながらもわたしから身を引いた。

あれ……？　助かった？

驚いたはずみで顔を上げる。

そんなわたしを気にも留めず、〝相楽〟と呼ばれた彼は、のんびりとした様子で煙草《タバコ》に火をつけ始めた。

吐き出された煙が妙な沈黙に紛れて宙を漂う。

もしかして、助けてくれた、のかな。

一瞬、前向きに捉えてみたけど、至って無関心そうな彼に〝助けてやった〟という感覚はなさそうで。

お金になりそうな体を傷モノにするべきじゃない。そう思ったから口にしただけ、という感じがしっくりくる。

その無関心な瞳が、ふと、わたしを捉えた。

「で、お前。今日は払えんの、払えねぇの」

刹那、心臓が激しく脈を打つ。

冷たくも温かくもない視線。けれど確かな鋭さを秘めてわたしを射抜いてくる。

微《かす》かに笑う口元が、それらと比べてアンバランスに映った。

——……怖い。

これまでの人生、色んな怖い思いをしてきたけど、段違いに怖い。

暴言を吐かれたわけじゃないのに。暴力を振るわれたわけじゃないのに。

なんなら、この人のおかげで助かったのに。

怖い要素なんてないはずなのに……どうして?

わからない。この感覚、うまく言語化できる自信がない。

ただ、この相楽って人だけは怒らせちゃいけないって本能が警告してくる。

——絶対に逆らえない。

「……払い、ます」

バイト代が入った封筒をスクバから取り出した。

「今月のバイト代の全額……八万円入ってます」

手前にいた一人が、雑にそれを受け取った。

「あるなら最初っから出せよ」

「次は容赦しねぇからな」

恐怖を具現化したような人を目《ま》の当たりにしたからかもしれない。

手前の二人に毒づかれても、もう怯むことはなく、階段を下りていく背中さえ小さく見えた。

「ま、頑張ってね」

彼は――相楽さんは、最後に他人事みたいにそう言って去っていった。

姿が見えなくなったあとも、わたしはしばらく呆然と立ち尽くしていた。


「冬亜～、おかえりっ」

玄関を開けてすぐに耳を疑った。

お母さんがいる。

「えっ？　彼氏のところにいるんじゃなかったの？」

「あー……それが別れちゃったんだよね～」

「……、そっか」

彼氏と長続きしないのも、突然帰ってくるのも毎度のことだけど、今日はどこか違和感を覚えた。

……なんだろう？

「ていうか、もしかしてさっき取り立て屋来てた？」

「あ、うん。バイト代おろしたばっかりだったから、それ渡して今日はもう引き取ってもらえたけど……」

「あちゃ～、新しい住所もバレちゃったか」

こんなときですら、焦りの「あ」の字も感じない。

これがお母さんだ。

常に楽観的なお母さんを見ていると良くも悪くも毒気を抜かれて、真剣に考えてるこっちがバカらしくなってくる。

「冬亜ありがとね。取り立ての男たち怖かったでしょ？　すっごい怒鳴り声聞こえてたもん」

「や……ううん、全然大丈夫っ」

「ひゃ～さすがママの娘～！　冬亜だけが頼りだよ～大好きっ」

ぎゅっと抱きつかれた勢いでよろめいた。

ちょっと苦しいけど、甘い香水の匂いに鼻をくすぐられると徐々に気持ちが落ち着いてくる。

ああ……こういうの久しぶりだなあ。

お母さんの背中にそっと腕を回した。

あのね、お母さんが帰らない間ずっと不安だったんだよ。

あとどれくらい待てば帰ってきてくれるんだろうとか、もし一生帰ってきてくれなかったらどうしようとか毎日考えて。

取り立て屋さん、前までは二人だったのに今日は三人に増えてて、すごく怖かったんだよ。

お母さんとの生活費を稼ぐために必死でバイトしたのに、一ヶ月分のお給料を一瞬で全部持っていかれて悲しかったし、脅されるままにお金を差し出すしかない自分があまりに無力で悔しかった。

——喉元まで出かかった言葉を仕舞い込んで。

仕舞い込んだものが二度と出てこないように。

「わたしがいるから大丈夫だよ」

今日も、固い固い鍵をかける。

謎めいた男

「──というわけでね、今日からまた地獄の節約生活が始まるの……」

──翌日。

放課後の教室で、幼なじみのレオくんに昨日の出来事をかくかくしかじか話したところ、同情より先に、ものすごく呆《あき》れた顔を向けられた。

「そうなると思ってたよ。隣街に引っ越したくらいで債鬼《さいき》共から逃げ切れるわけないって、おれ言ったじゃん」

「うっ、わたしもそう思ったけど……。お母さんは絶対大丈夫って言ってきかなかったし、現に引っ越してからの一ケ月は平和だったんだよお」

「冬亜ちゃんさ、あのどうしよーもない母親に振り回されるのもうやめなよ。不幸になる一方だよ」

またしても、うっと言葉に詰まる。

人の家族を〝どうしようもない母親〟呼ばわりするレオくんは本当に容赦がないけど、わたしのためを思ってのセリフだとわかるから嫌な気持ちにはならない。

何より、言ってることは正論だし……。

男の人と遊んでばっかり。たっぷり稼いでるはずのお金はすぐに消える。

ブランドのお洋服、アクセサリー、コスメ、それからホストやヒモ彼氏、エトセトラ。

挙句の果てには借金まで抱えて、それでも懲《こ》りず現在に至る。

「レオくんの言う通り、お母さんは昔からどうしようもないよ。でもどうしようもないからこそ、わたしがしっかりしないといけないの……っ」

するとレオくんは、またひとつ大きなため息を零《こぼ》した。

「冬亜ちゃんがしっかりしなきゃって思ってしっかりできる人間なら、おれはこんなに心配してない」

「……え？　えーと」

「物事に一生懸命さは感じるけど、いつも決まってどっか抜けてるし。勉強も頑張ってるのに万年平均点しか取れてないし」

「…………」

「冬亜ちゃんって、見てて正直不安しかない」

レオくんは昔から正直で、親しい相手にはお世辞なんて言わない人だった。

今の言葉はわたしに意地悪を言うために放ったんじゃなく、ただわたしという人間を冷静に分析しただけにすぎない。

それがわかるからこそショックだった。

わたしって……、もしかして自分が思ってるより能ナシ？

「冬亜ちゃんは母親のことをほっとけないって言ってるけど、おれからすれば冬亜ちゃんも同じくらい危なっかしいからね」

「ええっ、そんな」

「なんか緊張感がないっていうか。小さいときから家庭環境サイアクだったとは思えないほど、のほーんとしてるし」

「の、のほーんとしてるつもりは……」

「あんな家で育った奴は普通、根暗で人間不信でネガティブなひねくれ者になるんだよ、おれみたいに。どうして冬亜ちゃんが年中にこにこしてられるのか疑問でしょうがないよ」

わたしが反論しないのをいいことに言いたい放題。ていうかレオくん、ひねくれてる自覚あったんだ……。

「まあ、中学の頃はバカみたいに前向きな冬亜ちゃんのおかげでいろいろ救われたこともあったけど……」

なにやらボソボソと付け加えてるけど聞き取れない。〝バカ〟って聞こえた気がするから、たぶん悪態をついたんだろうな。

相手にするのをやめて、ふう、とおもむろに教室を見渡すと、クラスメイトの女の子とばっちり目が合った。

人と目が合ったときのいつもの癖で、にこっと笑顔を返しちゃう。

でも、今日も気まずそうに目を逸《そ》らされて終わり。

中学のときはこれが日常茶飯事で、わたしは嫌われてるんだって落ち込んでたけど、最近ようやく原因がわかった。

「付き合ってるの、わざわざ教室で見せつけなくていいのにね」

「ほんと。帰ってからやれよって感じ」

「中学の頃からべったりだったらしいよ。所有物扱いされてレオくん可哀想〜」

……そう、幼なじみのレオくんはモテるのである。

そしてなぜか、わたしとレオくんは付き合っていると、みんなに誤解されているのである。

中学の頃からべったり……。あながち間違ってないけど、語弊《ごへい》がある。

——遡《さかのぼ》ること約十年前。わたしたちが小学生だったころ。

レオくんのご両親はとてつもなく仲が悪くて、レオくんがいるから離婚しない、というぎりぎりな状態だった。

当時近くに住んでいたわたしも、レオくん宅から喧嘩の声が聞こえてくるたびに気が気じゃなくて。

罵声《ばせい》だけじゃなく、時おり物が倒れたり食器が割れたりする音も聞こえてたから、そうとう酷かったんだと思う。

わたしはよく、お母さんが男の人と遊びに行くタイミングを見計らってレオくんを自分の家に避難させていた。

やがてレオくんは親戚の伯父《おじ》さんの家に引き取られることになって、わたしたちは一旦離れ離れになった。

離れ離れといっても、レオくんの伯父さんの家は同じ市内にあったから、中学であっさり再会できた。

……のは、いいものの。

再会した瞬間から、レオくんはわたしにべったりになってしまったのである。

わたしと会わない間に人間不信をこじらせていて、小学校ではろくに友達もつくらなかったそう。

実子がいる伯父さんとの関係もあんまり上手くいってないみたいだった。

一方で、冷たくてぶっきらぼうながらも顔が整っているので、どこか影のある雰囲気がスパイスとなり、女の子からの人気が大爆発。

よってわたしの中学校での三年間は、家庭環境に悩むレオくんに寄り添い、女の子に迫られて疲れ果てるレオくんを労わっていた記憶しかない。

友達もいたにはいたけど、どの子との関係もどこかぎくしゃくしていた。

今思えば、わたしがモテモテのレオくんと四六時中いっしょだったことが原因で間違いないと思う。

レオくんは高校入学と同時に伯父さんの家を出て、現在はひとり暮らし中。

人間不信も少しはマシになってきたみたいだけど、いまだに特定の友達はつくらず、暇さえあればわたしのもとにやってくる。

おかげで、わたしは高一になっても恋愛経験がゼロのまま……。

それは、まあ、いいんだ。

昔からお互いの家の事情を知ってて、相談に乗り合いっこして。

レオくんはわたしにとっても、かけがえのない存在だから。

「金の支援できたらいいんだけど、おれも今は、自分の生活費だけで精一杯だからさ……もうちょっと待っててよ」

突然ぽつりとそう零したレオくんにぎょっとする。

「お金の支援なんていらないからね……っ？」

「早く金持ちになって冬亜ちゃんのこと楽にさせてあげるから待ってて」

「いやいや、レオくんがほんとにお金持ちになったとしても受け取らないよ！」

「なんで？」

なんでって……。

「レオくんとは、そういうのやだもん……」

「そういう、の？」

「お金で助け合うような関係になりたくない。お金って大事だけど、大事だからこそ……なんか……うーん、うまく言えない」

「相変わらずボキャブラリー乏《とぼ》しいね」

「うーん……なんていうかね、人の価値ってお金で決まるものじゃないし」

「…………」

「あ、あと、『お金の切れ目は縁の切れ目』とか言うしっ？」

「…………」

「と、とにかく、レオくんとはお金で繋《つな》がるような関係にはなりたくないってこと！」

すると相手は不服そうに眉を寄せる。

「綺麗事だよ、そんなの」

「はあ……。別にいいよ～、どう思われたって」

「でもまあ、冬亜ちゃんのそういうとこ……──なんだけど、さあ」

もう、またボソボソ話して。聞こえないじゃん。

ふいっと逸らした顔を覗き込む。

「なんて言ったの？」

「っ。……なんも言ってない。ていうか早く帰れば？　今日は母親と一緒に夜ご飯食うって楽しみにしてたじゃん」

「うん、そうだね。じゃあレオくんまた明日！」

「明日は土曜だよ。アホ」

あれ、そういえば今日は金曜だったっけ。

「ほんとにさ、そーいうとこだから。抜けてるって言ってんの」

「わかったよっ、もうわかったから！」

最後まで減らず口なレオくんをひと睨《にら》みして、席を立つ。

校門を抜けてからの足取りは軽やかだった。

今日はバイトが休みだから、お母さんと夜ご飯を食べる約束をしていた。

スーパーのタイムセールで買ったひき肉パックを、お母さんが帰ってきたとき一緒に食べようと思って冷凍庫に入れておいたんだ。

ハンバーグを食べるのはいつぶりだっけ。

美味しく作れるといいなあ……。考えるだけでお腹がすいてくる。

昨日あんなことがあったのに能天気すぎるって、レオくんなら言いそうだな。

想像して、ひとりで苦笑いをした。

だって、悪いことばっかり考えても仕方ないもんね。

借金取りさんには昨日お金を渡したし、しばらくは来ない……よね？

ふと、昨日の光景が蘇《よみがえ》る。

三人の中で、ひとり異質な雰囲気を放っていた彼――。

思い出すだけで背筋が冷えた。

『その女まだ若いし、金になる体を傷つけんのは得策じゃないです』

あの人――相楽さんは、他の二人よりかなり若かったし、二人みたいにガラが悪くもなかった。

一人だけスーツを上品に着こなしてたし、口調もゆったりめで、ついでにお顔もかなり整ってて……。

むしろ、いいとこのお兄さん、って感じの人だった。

じゃあ、どこで、なにをもって〝怖い〟って感じたんだろう。

目つき？　声色？　仕草？

どことなく不穏な雰囲気が漂ってたんだよね……。

そんなことを考えながら電車に揺られていると、危うく乗り過ごしてしまいそうになった。

『扉が閉まります。ご注意ください』

アナウンスと同時に慌てて飛び降りる。

切り替えてハンバーグのことを考えようとするのに、あのお兄さんが脳裏に焼きついてなかなか消えてくれない。

初めて見る顔だったし、昨日はたまたま二人組に付き添ってただけだよね。

今後会うことはないよね、きっと。

そう結論づけて、今度こそ彼を頭の外に追いやった。

――だから、アパートにたどり着いて、その姿を視界に捉えたとき。

「……へぁ？」

なんとも素《す》っ頓狂《とんきょう》な声が出たんだ。

わたしの家――アパート二階の角部屋。

玄関前、廊下の手すりに気だるげにもたれる一人の男性。後ろ姿だけで、遠目からでも〝あの人〟だってわかった。

気づけば一歩後ずさっていた。

どうしてウチの前にいるの……？

昨日八万円渡したばっかりなのに、まさかもう取り立て？

地道に貯めてたバイト代の二十万円が金庫にあるにはあるけど、あれがなくなったら生活できなくなってしまう。

……ひとまず、彼がいなくなるまで身を潜《ひそ》めたほうがよさそう。

そう思って、そろりそろりと後退する。

そういえば、二人組は一緒じゃないのかな。

ていうか、お母さんは中にいるはずだけど……居留守を使ってるのかな。

……と、不思議に思った直後のこと。

なんの前触れもなく、彼の視線がわたしを捉えた。

「…………っ、え」

見下ろす瞳に呑《の》まれたのが最後、体が硬直する。

振り向く気配全然なかったのに、気づいたら目が合ってて……ええっ？

一瞬すぎて何もわからなかった。

しかも、ここの位置は彼からは死角になっていたはず。たまたま振り向いた先にわたしがいた……という感じでもなかった。

だって、わたしのことを瞬時に的確に捉えたんだもん。

野性の勘でも持ってるのかな。やっぱり只者じゃない。怖い！

なんて考えているうちにも、彼はゆっくりと階段を下りてきている。

ウチのアパートの鉄骨階段は、上り下りするたびに音がカンカン響いてうるさくってしょうがないのに、彼は最後まで足音ひとつ鳴らすことなく、わたしの前に立った。

そして。

「臓器売るか、身体ごと売るか。今すぐどっちか選んで」

……淡々と、そう言い放った。

当然、すぐに話を理解できるわけもなく立ち尽くす。

えっと……今なんて？

ゾウキウル？　カラダゴトウル？

脳内で漢字に変換して、やっと、意味だけは理解できたけど……どうしていきなりそんな話になるんだろう。

「えっと……お金は、毎月八万ずつ返済しますので、必ず」

「もうそんな悠長なこと言ってられなくなったんだよね、お前の母親がお前を残してトんだせいで」

「は……、……え？」

またしても意味のわからないセリフに思考が詰まる。

そんなわたしを見て、彼は少し面倒くさそうな顔をした。

「今朝、ウチの事務所の入り口にお前の母親からの手紙が挟んであった。現物は担当が預かってるから、悪いけど写真で確認して」

そうして突きつけられたスマホ画面。並ぶ文字を順番に目で追う。

丸っこい癖字は間違いなくお母さんのもの。

至ってシンプルな一文だった。だけど、最初の文字から最後の文字まで、何度も何度も行き来せずにはいられなかった。

『返済金代わりに娘を差し出します』

――〝読み間違い〟である可能性を、必死に探そうとして。

置き去りの部屋

震えながら玄関をくぐった先に、お母さんの姿はなかった。

狭いアパートだ。軽く見渡しただけで、中に誰もいないのは一目瞭然。

ハンガーに掛かっていたお洋服も、鏡台の上にあったジュエリーボックスも、棚に並んでいたバッグたちも、全部なくなってる。

バイト代を貯めていた金庫は開けっ放し。

……中は、空っぽ。

「……そんなはず、ない……」

これは悪い夢だ。

お母さんは昨日帰ってきて、『冬亜だけが頼りだよ』って言って抱きしめてくれた。

今朝だって、お夕飯はハンバーグを作ると言ったら『すっごく楽しみ！』って笑ってくれた……。

もし悪い夢、じゃなかったら、わたしは騙《だま》されてるんだ。

部屋から物がなくなってるのは、売ってお金にするために借金取りさんが盗んだから。金庫のお金も同様。

お母さんは脅されて、どこかに連れて行かれたんだ。

きっと、そう……。

お母さんはわたしを愛してくれてた。わたしを捨てるはずない。

信じたい、のに。

ふと、テーブルの上に無造作に置かれたメモ用紙を見つけて屈み込む。

そこには『冬亜ごめんね。』と書かれていた。

いつのまにか涙が頬《ほお》を伝っていて、空気に触れるたびにそこがヒリヒリ痛くて。

呼吸がままならなくなるほど苦しくて。

これは現実だって、嫌でもわからせてくる。

「延滞料合わせて三千万。……だいじょーぶ、お前の体なら倍値で売れるよ」

背後で、煙を吐き出す気配がした。

慰めの言葉ひとつすらないのが、この人のことをよく知らないのに、この人らしいと思ってしまって。

「ちなみに儲けの一割はお前の母親の懐に入るからね。つまり借金完済できてさらに金も貰えて超ハッピー、なわけだ」

相変わらず感情のこもらないその声を聞いていると、不本意ながら少しずつ冷静さを取り戻すことができた。

「わたし……お母さんに、売られたん……ですね」

「そう、お前は売られた。三ヶ月後にウチが主催するオークションに商品として出される」

オークション……。

呆然とする。なんて現実味のない言葉だろう。

「さっきは二択を迫ったけど、臓器は俺の専門じゃないんで安心しな。どうしても死んで楽になりたいっていうなら、そっちの担当に変えてやるけど」

つまり、わたしは〝身体ごと〟売られるってこと、だよね……。

臓器を売るか身体を売るか。どっちだっていい。

「お前、男に抱かれたことは？」

「…………」

ああ、やっぱり。

身体を売るってそういうことなんだ。

「……まあいーや。泣きやんだならとりあえず荷物まとめな。今日から俺の家に住んでもらう」

「……わかりました」

「ずいぶん物分かりがいいな。怖いとかないの」

「大丈夫です。借金が三千万もあるなら、それくらい……しないと」

「……ふうん」

小さく笑われた。

哀れな状況に立たされたわたしを面白がっているのかもしれない。

べつに、それならそれで構わない。もうどうにでもなればいい。

そんな、投げやりな感情に支配された……けれど。

──『冬亜だけが頼りだよ～大好きっ』

お母さんの声が再び頭をよぎって、なんとか思い直した。

きっと、こうせざるを得ない状況にまで追い込まれてたに違いない。

今までわたしを一生懸命育ててくれたんだもん。お母さんが助かるなら身体を売るくらいなんてことない。

なんてことない……けど、まだ、一緒にやりたいことがたくさんある。一緒にご飯を食べたり、お買い物に行ったり、ただ他愛もない話をしたり……。

昨日みたいに、また抱きしめてほしい。大好きって言われたい。

唇をきゅっと噛む。

やっぱり、このまま一生会えないのは嫌だ……っ。

そうだ、今すぐ走ってここから逃げれば……。

一瞬そうも考えたけど、彼を目の前にすると底知れぬ恐怖にあてられて足が竦《すく》んでしまう。

この人、のんびりしてるように見えるけど、逆らおうとすれば問答無用で酷《ひど》い目に遭わされる。そんな予感がする。

まずは素直に言うことを聞くのが賢明かもしれない。

すべてを諦めたフリして従順にしていれば、相手も徐々に油断してくるはず。

それまでは念入りに逃亡計画を練って、油断した隙を狙って逃げよう……。

そんな考えすら見透かしてきそうな瞳から逃げるように立ち上がり、黙々と荷物をまとめることにする。

とはいえ、物という物がない一室。とりあえず教科書類などの学校で使うものを大きなバッグに集めた。

あとは衣類……。

替えの制服を取ろうとハンガーラックに手を掛けたとき、ふと影がかかった。

「この期に及んで学校に行けるとでも思った？」

「……っ！」

いつの間にか背後に立っていた彼が、わたしの代わりに制服をひょいと掴み取る。

「学校行かせてほしい？」

「え……、と、だって、急に来なくなったら不審に思われ──」

「テキトウに病気の診断書偽造《つく》って休学させた流れで二ヶ月後に退学に持ち込む想定だったんだけど」

「…………」

……なるほど。

怪しまれないように、あらかじめ手は考えてあったんだ。さすが抜かりがない。

「それでも学校には……行きたいです」

「へー。好きな男でもいんの？」

「そういうんじゃ、ないですけど……大事な友達が、いて」

真っ先にレオくんの顔が思い浮かぶ。

わたしが急に休学になったら戸惑うだろうし、不安にさせてしまうのも目に見えてる。

それに……。

「せっかく入った高校だし……。合格したとき、お母さんも喜んでくれたし……」

彼は極めてどうでもよさげにわたしの話を聞いていた。

従順になるって決めたばかりなのに、ついわがまま言っちゃった……。

しまった。

「む、無理なら全然大丈夫です！　休学でも退学でも……っ」

「あー、うん」

テキトウすぎる相槌《あいづち》を打ったかと思えば、思い出したようにスマホを取り出して操作し始める彼。

なんていうか、すごいマイペース……。

こんな感じなら逃げ切れるんじゃないかって気もしてくる。

判断を早まってはいけないので、大人しく荷物整理を再開したけれど。

「……ま、善処するよ」

彼がそう言ったのは、それから五分以上経ったあとのこと。

それが、さっきの学校に行きたいという要望に対する答えだとわかるまで、しばらくかかった。

「ありがとう、ございます……」

お礼を言うのもヘンだと思いながら、おそるおそる相手に向き直った。

「部屋にずっと閉じ込めて気がおかしくなられても困るからね」

「…………」

綺麗なアーモンドアイがすうっと弧を描く。

「お前は〝商品〟だから、大事にするよ」

それから十分と経たず、わたしは車に乗せられた。

「生活に必要な物はもう揃《そろ》えてある」と言われ、結局、持ち物は学用品だけ。

そんなところまで面倒を見てくれるなんて、さすが、大事な〝商品〟……。

課題に必要な教科以外はほとんど置き勉してるから、ひとつのバッグに余裕で収まってしまった。

今日から別の場所に住むとは思えないほど少ない荷物。

わたし……これからどうなっちゃうんだろう。

オークションで買い取られたら、きっと人間らしい生活はできないんだろうな。

胃の辺りが鈍く痛み始める。

……大丈夫。

オークションに出される前に絶対逃げ切って、お母さんに会って、もう一回ちゃんと話し合うんだ。

そのために、まずは彼の信頼を得る必要がある。

油断させて、その隙を狙う。

こういうのは最初が大事だから、抵抗心を捨てて、あなたに懐いてますよアピールするのがいいかもしれない。

急に馴れ馴れしくすると不審がられるだろうから、まずはコミュニケーションをとるところから始めてみることにした。

「……あのっ、相楽さん」

すっごく怖いけど、怖がる素振りは見せられない。

隣の運転席に向かって、できるだけ明るく声を掛ける。

相楽さんの家って、どの辺なんですか？

そう続けようとした、けれど。

「俺、名前教えた覚えないけど」

「っ、あ……」

フロントミラー越しに目が合って、早くも会話に行き詰まった。

落ち着け落ち着け。

相楽さんは至って普通の疑問をぶつけてきただけ。わたしのことを怪しんでるわけじゃない。

「き、昨日、他の方がそう呼んでたのでつい……。す、すみません」

するとり小さく笑われたので、ますます焦る。

「え……あ、もしかして間違ってましたかっ？　〝サガラ〟さんじゃなかったですか⁉」

「いや、合ってるよ。昨日、俺がお前のいる場所で名前を呼ばれたのはたった一回だったのに、よく覚えてたなって感心しただけ」

一回だけ……。そうだったっけ？

記憶を辿《たど》ってみるもはっきりと思い出せない。

なにはともあれ、合っててよかった。

名前を間違うなんてとんだ無礼を働いて、初っ端から嫌われてしまったら笑えない。

ドッドッドッ……と、心臓がワンテンポ遅れて荒れ狂った音を立てる。

相手の機嫌を窺《うかが》うだけでこのザマ。この先が思いやられる……。

……ていうか。

わたしの前で名前を呼ばれたのが一回だけだったって、そんなことを覚えてるほうがよっぽどすごい。

すごいを越えて怖いくらいだ。

「で、何」

「えっ」

「続き、なんて言おうとしたの」

「あ……えっと……っ、……なん、だったっけ」

パニックのあまり、声に出さなくていい部分まで出てしまう。

「ちょっと待ってください、今思い出しますっ」

「………………」

そして、こんなときに限って赤信号で停車したりする。

「お前って見かけによらず騒がしいね」

沈黙で体が押しつぶされそうになっている中そんなことを言われ、もはや身が滅ぶ思いだった。

「そうだ。まだ名前聞いてなかった」

次に視線がこちらにスライドしてくる。

従順に……従順に……と自分に言い聞かせる。

「……冬亜です」

「とあ？　どういう字書くの」

「冬に……、亜熱帯とかの亜です」

「わかった」

相楽さんの返事と同時、信号が青に変わった。

「じゃあ冬亜、ちょっと寄り道しようか」

地下競売場

〝寄り道〟って、普通は聞くとわくわくする単語だと思う。

例えば、放課後「今日は寄り道していこう」なんて恋人に言われたら絶対ときめく一択でしょ。……無論、恋人ができたことなんてないけど。

それがどうしたことか、相楽さんが口にするだけで戦慄《せんりつ》が走る。

挙句、次の信号では目隠しまで付けさせられた。

「あの……寄り道って、どこに向かってるんですか？」

「バカだな。なんのための目隠しだと思ってんの」

「あ……ぅ」

「………。引き取る前に〝そこ〟に寄らなきゃいけないって、ウチのマニュアルで決まってるんだよ。三ヶ月後のお前がどうなってるか見せてあげる」

「三ヶ月後のわたし……？」

「そう。商品だって自覚をしっかり持ってもらわないと困るから」

淡々とした物言いに身震いをする。全身が粟立《あわだ》ってしかたない。

次、信号で止まった瞬間にシートベルトを外して逃げよう、かな……。

ふと、そんな考えが頭をよぎったタイミングで。

「バカな真似はやめときな」

と、のんびりした声に制された。

「……え」

「そんな怯えきった状態なら、どうせ足もまともに動かない」

「…………」

逃げようかなと声に出したわけでもないし、ドアハンドルに手を掛けたわけでもない。なんならじっと座ってただけなのに。

見透かされすぎて……怖い。

「それに、逃げた瞬間からお前は逃亡者扱いになって追われる。その後は見張りがバカみたいに厳しくなるからお勧めしない」

「そ、そうなんですね。逃亡なんて、考えてみたこともなかったです」

「そー。よかった」

隣で、くすっと笑う気配がした。

危なかった……っ。早まってはいけない。念入りに計画を練るんだ。

従順に、従順に……と、再度自分に言い聞かせる。


〝寄り道〟の場所にたどり着いたのは、それから十分ほど経った頃。

しゅるっと目隠しを外されて、最初に見えたのは、ぼんやりとした灯りに包まれた雑居ビルだった。

無機質ながらも上品な外装。看板に並ぶアルファベットは難しくて読めない。

「えっと……ここは？」

「会員制のＢａｒ。オールドボトルを多数扱ってる貴重な店だよ」

「バー……って、お酒を飲むバーですか？」

「ああ」

「わたしたち、今からお酒飲むんですか？」

すると、またくすっと笑われた。

「冬亜は酒弱そ」

ええ……返事になってないよ……。

と思ったけど、従順な演技をしなくちゃいけないので、声には出さない。

「じゃあ行くよ」

そんな声と同時に、手を取られた。

「っ、え」

「逃げたら最悪殺さないといけないからやめてね」

なんて雑な脅し。

だけど、言ってることはあながち嘘じゃないんだろう。

逃げませんという意味をこめて、その手をぎゅっと握り返した。

この人、口調は軽いのに響きに重みがある。殺すとか平気で言うし、それに違わないことを平気でやりそうな冷酷さも感じる。

それでも手のひらは思いのほか温かかった。少なくとも、わたしよりは。

自動ドアをくぐった先には、またすぐに扉があった。

キルティング仕様の見るからに高級なそれは、近づいた者を無情に跳ね返しそうな圧力を放っている。

手前にいた黒いスーツの男性が、こちらに気づいてにこっと微笑んだ。

「うわ～珍しい、相楽が女と手繋いでる……もしかしてプライベート？」

「いーえ仕事ですよ」

「ははっ、その〝声〟は確かに仕事だな」

「お前もちゃんと仕事をしようね。〝いらっしゃいませ、相楽様〟でしょ」

なにやら親しげな感じ。知り合い……ううん、友達なのかな。

「担当が相楽とか、まじで不運だなあんた」

突如、哀れみの視線を投げられた。

「不、運？」

「気をつけろよ、相楽は常に猫被ってるから。もちろん現在進行系で」

「え……」

「こいつの地声はもっと低いし、本性もかなり荒めだから」

そう、なの……？

ただでさえ怖いのに、もっと怖いってこと？

「猫被ってんじゃなくて、板に付いて治んなくなったんだよ。地声とか本性とか、もう思い出せない」

「笑えないほどの社畜《しゃちく》だな」

「それより早く通してくれる？　中で上司を待たせてんだよ」

ふたりの会話が終わると同時、重たそうな扉が音もなく開いた。

「〝いらっしゃいませ、相楽様。どうぞ中へお入りください〟」

中はひたすら薄暗かった。見た感じ高級バーに間違いなさそうで、やっぱりここでお酒を飲むのかと思ったけど、そうじゃないみたい。

バーカウンターを抜けると、さらに暗い廊下が続いていた。

相楽さんは相変わらずわたしの手を握ったまま奥へと進んでいく。

足を止めたのは突き当たりの少し手前。

胸元からなにやらカードのような物を取り出して、宙にかざしてみせた。

壁に向かって何をやってるんだろう……？

と不思議に思うやいなや、壁が動いてびっくりする。

「っ⁉ え」

やがて現れたのは、下に伸びる階段だった。

ここは一階だから……どうやら地下に続いているみたい。

「下りるよ」

「お、下りて何をするんですか？」

「言ったでしょ。三ヶ月後のお前を見せてやるって」

一歩踏み出したとたん、冷気を感じて。

わたしは無意識に、繋いだ手をもう一度強く握りしめていた。

「おっせえよ。もう第一部終わっちまったじゃねえか」

階段を下りてすぐのところに、中年の男性が立っていた。おそらく、さっき相楽さんが待たせてると言っていた上司の人だ。

見た目がものすごく怖いってわけでもないのに、目が合った瞬間、ぞっと寒気が走った。

「若いな。お嬢ちゃん何歳？」

「……っ」

底知れぬ恐怖に当てられて言葉に詰まる。答えなくちゃと思うのに声が出ない。

そんなわたしの様子に気づいたのか、

「年齢なんてどうでもいいでしょう。早く部屋に行きましょう」

と、相楽さんが代わりに答えてくれた。

相楽さんの上司は舌打ちをすると、わたしたちをとある部屋へ連れて行った。

ガラス張りになっている壁を隔てた向こう側に広がっていたのは、想像よりも遥かに広い空間。

パーティー会場のように、丸いテーブルが等間隔に並び、一席にだいたい二人から三人ずつ座っている。

そして、そこに座る全員が仮面を付けていた。

目元が隠れるハーフタイプのそれは仮面舞踏会を彷彿《ほうふつ》とさせるけど、どう見ても、今から踊りますよ、みたいな明るい雰囲気じゃない。

どうやらミラーガラス仕様になっているらしく、こちらの様子は彼らからは見えていないみたいだった。

ざっと見た感じ五十人くらい。内、ほとんどが男性。

異様な光景だった。

映画か何かの世界に迷い込んだような錯覚に陥《おちい》る。

ちゃんと現実……だよね？

不安になって、つい相楽さんに体を寄せてしまう。

彼らは正面のステージをじっと眺めて、何かを待っている様子だった。

わたしもつられて真っ暗なステージを凝視していると、間もなくパッとライトがついて。

急な光に目が眩《くら》み、一度瞬きをする。

ゆっくりと開いた直後——息を呑んだ。

「お待たせ致しました。ただいまから第二部を始めさせていただきます。九名の女性が順番にお客様の元へ参ります。今季の商品も最高級に仕上がっておりますので、ぜひじっくりとご確認くださいませ」

商、品……？

決して明るくはないスポットライトの照らすところには、その人が言う通り九人の女の人がいた。

彼女たちの服装は、いわゆる夜のお店で見かけるようなかなり露出の多いもので、脚や胸元が大きく晒《さら》されている。そしてそのあらゆる角度からの映像が、中央のモニターに大きく映し出されていた。

「ではまず、商品番号一番からご紹介いたします。生まれながらに色素が薄く、髪は綺麗なブラウン。見ての通り上品な顔立ちをしております……——」

会場脇で、司会者らしき人が〝商品〟の説明をしている。

紹介された女の人たちは各テーブルについて、お酒を入れたり、話し相手をしているみたいだった。

そこだけ見れば、夜のお店とあまり変わらないように見えるけど……。

「相楽さん、あの人たちは……」

隣に問いかけたはずなのに、答えたのは相楽さんの上司。

「お察しの通りオークションの商品だよ。客はああやって商品を吟味《ぎんみ》しながら、気に入ったものを買い取っていくんだ」

「っ……」

「客は手元にあるタブレットで落札希望額を入力する。他の客と被った場合は金額の多いほうに引き渡される」

そう言いながら、彼は自分のスマホを操作し始めた。

「さっそく、一番の女に七千万の値がついてるな」

画面を見せられてびくりとする。

「その商品に現在ついている金額を、他の客もタブレットで知ることができる。だからこうやって……次第に値段が上がっていくわけだ」

どうやら、競売人側はスマホのシステムでお客さんが希望している額をリアルタイムで確認できるらしい。

『¥70,000,000』という今まで目にしたこともない値段が、次から次へと更新されていく。

さっきは映画の中に迷い込んだ気分だったけど、今は映像を眺めているかのような感覚。

七千万……七千五百……八千……。

どんどん数値が更新されていく。

会場は絶えず騒がしい。騒がしいのに、その喧騒はどこか遠くで聞こえる。

心なしか視界もぼやけ始めた。

「……おい、へーき？」

隣から相楽さんの声がした気がするけど、もうなにも頭に入ってこない。

三ヶ月後のわたしは、あそこに立っているんだ。

知らない人の前で肌を晒して。

知らない人に値段をつけられて。

知らない人の元に買われていく……。

「冬亜、もう見なくていい」

スマホに映った数値が、ついに一億に切り替わった。

直後、相楽さんの手のひらが、わたしの視界を覆って。

それと同時に、ぐらりと眩暈《めまい》を覚える。

「——冬亜、」

そんな声を最後に、わたしは意識を手放した。

檻

目を開けると、白い天井があった。
なんの変哲もない無機質な天井は住んでいたアパートのものによく似ていて。
……やっぱり、夢、だったんだ。
と、微睡《まどろ》みの中でひどく安心した。
けれど、次第に頭が覚醒して、はっともう一度瞼《まぶた》を開く。
……違う。わたしのアパートの部屋じゃない。
こんな間接照明はなかったし、今わたしが寝ているのも布団じゃなくベッド。
すぐにオークションの光景が蘇る。
相楽さんに連れられて行った高級会員制バー。
その地下にある会場で、女の子が値段をつけられるのを見た。

それから、だんだん気が遠くなって……。わたし、倒れちゃった……のかな。

そもそも、本当に現実だったのかな。

あんなことが、こんな身近で行われてるなんて、にわかには信じられない。

この目で確かに見たはずだけど、脳裏に流れる映像は霧がかかったようにぼんやりしている。

もう、いいや。すごく疲れた。

考えることを放棄して、再び目を閉じた。

……ものの、空っぽになったお腹がぐうっと音を立てる。

そうだった。ハンバーグを食べる気満々で帰ったのに、相楽さんがいたおかげで叶わず。

荷物をまとめたり寄り道したり……振り回されて、もう何時間経ったんだろう。

お腹が減って戦《いくさ》どころか睡眠もままならない。空腹感に支配されて、意識も冴え冴えしてきた。

ぐぅーっと絶え間なく響くお腹の音に次第に羞恥が芽生えて、思わず上体を起こす。

そんなときだった。部屋の扉が開いたのは。

「あ、起きてる」

そう言って、のんびりと歩み寄ってくる相楽さん。どうやらお風呂あがりらしく、髪が濡れている。

いや、今そんなのどうでもいい。近くに来られたら困る……っ。

「気分は」

「あ、もう、大丈夫です」

「そ」

「はい。……なので、わたしのことは放っておいて大丈夫です」

「…………」

「…………」

逆効果だったみたい。

距離を詰めて、じっと見つめてくる。

「俺を遠ざけて逃げようとしてる?」

「へ？……ち、違います、そんなことはしません」

「ここは十階だし、窓から逃げるのは危ないよ」

「やっ、ほんとに違くって……」

まずい。

わたしの計画は従順を演じて相楽さんを油断させることなのに、すでに警戒されてる。

焦っていると、またもやお腹が鳴った。

三秒ほどの沈黙が訪れたのち。

「……カップラーメンでいい？」

と尋ねられ、首から上がぐわっと熱を持った。

それからベッドをおりて、相楽さんと一緒にキッチンへ向かった。

座って待つように言われて、三分後。

お馴染みのパッケージを前に、少し心が落ち着くのを感じながら、手を合わせる。

「いただきますっ」

醤油スープのいい匂いに我慢できなくなって素早くお箸を割った。

こんな状況にもかかわらずとても美味しくて、体に染みわたっていく気がした。

スープまで飲み干してから、ごちそうさまでしたと手を合わせる。

「ご飯を用意していただいて、ありがとうございました。すごく美味しかったです っ」

「いちいち感謝しなくていいよ。仕事だから」

「でも……ほんとに助かったので。お、お腹が」

「はは、そう。じゃあ次は風呂入ってきて」

「え、お風呂……？」

相楽さんにつられてわたしも席を立つ。

「あの、カップラーメンのゴミは」

「そこのゴミ箱にテキトウに投げといて」

「は、はい」

〝そこのゴミ箱〟がわからず部屋をきょろきょろしていると「足元足元」と声が掛かる。

ハッと見ると、すぐそこのテーブルサイドに備え付けられていて、またしても恥ずかしくなった。

うう……絶対鈍くさいって思われた。

うなだれながら相楽さんについていった先はお風呂場。

「これ着替えね」

まるごと一式どさっと渡される。

一番上に新品のショーツが載っていて、ひとり勝手に気まずくなる。

「そこの歯ブラシとかドライヤーとか、オイルとか化粧水も好きに使いな。全部新品だから」

「わあ……ありがとうございます、ご飯やらお風呂やら、何もかも……」

「……あのさ、いい待遇をするのは当たり前なんだよ、お前は商品だから」

「…………」

「オークションまでの間、傷モノにならないように十分な衣食住を与えて品質を管理するのがこっちの仕事。……ま、それでも感謝したいっていうなら勝手にどうぞ」

冷たい言い方。

だけど、人情に期待するだけ無駄だと初めに忠告してくれるところには優しさを感じた。

「風呂上がったらベッドのある部屋に来て」

相楽さんはそう言い残して出ていった。

相楽さんがいなくなった扉をぼうっと見つめながら、のそのそと制服を脱ぐ。

そうだよね、わたしは商品……。相楽さんの手で管理されて、売られるんだ。

いや、そうなる前に逃げきってみせるんだけど……！

果たして本当に逃げ切れるのかどうか……は、置いといて。

湯船の中で体を丸めながら考える。

思えば、お母さんがわたしを褒めたり抱きしめたりするのは、美味しいご飯をつくったときと、お金を渡したときだけだった。

もちろん、勉強もスポーツもいたって平均的なわたしに褒めるところなんて他にあるわけないけど。

夏休みの絵画コンクールで市の特別賞に選ばれたときも、中学三年間無遅刻無欠席の皆勤賞で表彰されたときも。

「そうなんだ～よかったね」と、うわの空の返事で済まされた記憶がある。

わたしの学年が上がるにつれて、お母さんが家にいない日が増えていった。

男の人と遊んでばっかり。

そして破局すれば『冬亜がいるからフラれた』と、酷い八つ当たりを受けたことも数知れず……。

それでも、ご飯を作れば『美味しい』と言って抱きしめてくれたし、一緒にお買い物に行った日には可愛いお洋服をたくさん買ってくれたりもした。

当時、男の人にご奉仕するお店で働いていたお母さんは、すごく高いお給料をもらっていた。

もらった分だけお金を使うせいで毎月かつかつではあったけど、少なくとも周りの目から見て「貧困家庭」には映らなかったと思う。

嫌なことがあって落ち込んだり、誰かに八つ当たりしたり。

情緒の乱れは誰にでもあることだから、わたしは、料理を褒めてくれて可愛いお洋服を買ってくれる優しいお母さんが本物だと信じて疑わなかった。

今の今まで、信じてた。

――ううん。

気づかないフリをしてただけで、本当はとっくにわかってたよ。
わたしは、あんまり愛されてない。
でも十六年もの間、捨てずに育ててくれた。
それって、わずかにでも愛がないとできないことだと思う。
〝まったく〟愛されてなかったわけじゃない。
……そう、信じていいよね。
もう一回会いに行っても……いいよね？

商品

「あがりました。お風呂ありがとうございました」
　髪を乾かして、ついでに歯磨きも済ませて。
　言われたとおりベッドのある部屋に戻ると、相楽さんはソファの上で本を読んでいた。
　本とか読むタイプなんだ……。
　意外に思いながら近づくと、ぱたりと閉じてしまう。
　……意外、だったけど、よく似合ってる。
　この人、言動は軽薄だけど、それを凌駕《りょうが》する上品さが隠しきれてないもん。
　やっぱり、いいところのお兄さん、にしか見えない。
　つい見入ってしまう。

「なに」

その一声で我に返った。

「な……なにを読まれてたのかなって」

「エロ本」

「っ、え」

「冬亜も読む？」

薄く笑う唇に不覚にもドキッとなった。

「け、結構です」

「そんなこと言わないでさ……ね？」

差し出されるので、反射的に受け取る姿勢を取ってしまって。

指先がぶつかった瞬間、心臓が跳ねた。

「ひゃあっ」

うっかり手を離せば、本がすとんと床に落っこちる。

「ご、ごめんなさいっ！」

慌ててかがみ込んで、気づく。

「あれ……？　この小説って……」

著者名に既視感を覚えて二度見した。

「この人って有名な小説家……」

試しにめくってみると、目が回りそうなほどびっしりと文字の羅列《られつ》。

これって文学小説だよね？

「うぅ……嘘つかないでください、エロ本なんて」

「お前がどんな反応するかなあと」

「ひぃ……」

「それにこの本、性描写多いからあながち嘘でもないよ」

「え、そうなんですか？」

「それはいいとして。冬亜ってびっくりするくらい耐性がなさそうだね」

わたしが拾いあげたそれを相楽さんが受け取る。

そのとき、また指先が触れてびくっとした。

「なあ、どうしちゃったの。オークション会場では自分からぎゅって繋いできたくせに」

「えぅ……、そ」

そうだったっけ。

そうだったかもしれない。でもあのときは怖さのあまり……って感じだったし、今とは状況が全然違うし……。

「もっかい聞くけど……男に抱かれたことある？」

瞳に射抜かれて固まった。

男の人に抱かれたことがあるか。たしか前にも同じ質問をされた。

「あん……まり」

答えたくない気持ちと、従順にならなければいけないという使命感がぶつかって、曖昧な返事が零れ落ちる。

「そ。じゃあ、俺が仕込まないといけないね」

煙草の煙を吐き出すような、気だるげなため息をついて。

相楽さんはわたしの手を取ると、ベッドのほうへと導いた。

部屋の明かりが消えて、ベッド上の間接照明だけがわたしたちを照らしている。

だからてっきり、もう寝るんだと思って。

「ベッド一つしかないけど……わたし、ソファで寝ましょうか？」

「…………」

しばし固まった相楽さんに首を傾《かし》げる。

「？　……あの」

「そうだね。冬亜には一から説明してあげようかな」

「説明？」

「とりあえずベッド座りな」

なんか呆れた顔を向けられているような……。

気のせいだと思いたい。

従順に徹するため、ひとまず言われた通りにベッドに腰を下ろすことにした。

「今日連れていった場所で何が行われてたのか、説明できる？」

「はい……。オークション、ですよね。商品として出された女の子を、お客さんが落札するっていう……」

「そうだね。じゃあ落札された女は、どんな生活を送ることになるでしょうか」

「え……っと」

数時間前の光景を呼び覚ます。

「一番」と呼ばれていたのは、可憐な女の子だった。

お客さんがどういう人たちなのかはわからないけど、一億という額を易々《やすやす》と提示できるんだから、かなりのお金持ちであることは間違いない。

お金持ちが、生身の人間を買う理由……――。

「若い女を買う目的は客によって様々だけど、〝屋敷の使用人〟という名目が一番多い」

「使用人……。メイドさんみたいな感じですか？」

「あくまで名目上は、ね。使用人といっても名ばかり。実際は愛人や愛玩具《あいがんぐ》にされるのがほとんど」

相楽さんのセリフを反芻《はんすう》してなんとか意味を理解すると、お風呂でせっかく温まった体が急激に冷えてしまった。

そんなわたしを、相楽さんは『話が理解できていない』と捉えたらしい。

「あーえっとね、愛人とか愛玩具ってのはつまりセッ――」

「だっ、大丈夫、です。わかってます……！」

動揺しながらも、自分に言い聞かせる。従順に、従順に。

嫌がる素振りや怖がる素振りを見せちゃいけない。

すべては、相楽さんを油断させていつかここから逃げるため。

自分の置かれた状況を、すんなり受け入れたふりをする。

「わたしを買ってくださった人の……体のお相手をすればいいんですよね」

「まあ、そうだね」

「そんなことだったら、全然大丈夫です……」

――それが裏目に出るなんて、思いもせず。

「そ。じゃー、脱げ」

突然、パジャマに手を掛けられてびっくりする。

「つえ、あの……相楽さ……待って、」

こちらの声には聞く耳持たず、すそを強引にまくり上げられた。

入りこんできた手が肌の上を滑って胸元までたどり着く。

「やっ……」

「寝るときはこれ着けちゃだめだろ」

直後、パチ、と音がして、そこを締め付けていたものから解放された。

それだけに留まらず、裾《すそ》をいっきに首元まで引き上げられ、素肌が相楽さんの目の前に晒されるから……。

羞恥のあまり、目の前がチカチカして。

「だめ……見ないでくだ、……ひぁ、っ」

相楽さんの手に意識が集中しすぎて、指先が掠《かす》めただけでびくっと肌が揺れてしまう。

「さっき、〝そんなの全然大丈夫〟……って聞こえたけど」

「っ……」

「それなら、俺の相手もできないとおかしいよな」

「そ、れは……」

相楽さんの声、ちょっとだけ低くなった気がする。響きも、ちょっとだけ荒くなった気がする。

「お前の好きなところ、どこ？　触ってやるから言えよ」

「や、……」

「言えない？　それともわかんない？」

「……っ……」

指先が動くたびに唇を噛むけど、わたしの反応を確かめるように弄《もてあそ》ぶから。

次第に息が、乱れて……。

「じゃあ、ここは？」

「～～っ、ゃ、ぁ……っ！」

刹那、びりっと電流が流れたみたいになって、一瞬視界が真っ白くなって。

さっきまで堪えられていたはずの声が零れてしまった。

ばくばくっ、と不整脈のごとく心臓が暴れる。

え……？　わたし、今……。

初めての感覚にびっくりして、思わず相楽さんの手をぎゅっと掴むと、くすっと笑われた。

「可愛い声でなけるじゃん、えらい」

さっきとは打って変わって、甘い甘い声が鼓膜を揺らす。

一段と狂った音を立てる心臓とは裏腹に、どこかふわふわした感覚が、体を支配して……。

このままだと――溺れる。

そんな言葉がぴったりな気がした。

怖い……知らないところに落とされるのは。怖いのに……この先を知りたいと思ってしまって。

そんな矛盾にまみれておかしくなっちゃう前に、やめなきゃ、って。

「ご、ごめんなさぃ」

考えるより先にそんなセリフが口をついて出た。

「わたし……ほんとは、こういう経験、全然ないんです……。それどころか男の子と付き合ったこともなくて、……う、嘘ついて、ごめ……なさい」

相楽さんがこういうことをするのは、わたしが『全然大丈夫です』なんて言ってしまったせいだと思った。

だから、初めてだってことを白状すればやめてくれると思った。

思った、のに……。

「へえ。初めてなのにこんなに気持ちよくなれるんだ」

相楽さんは、さらにわたしの体を引き寄せる。

いつの間にか、後ろから抱きしめられる格好になっていた。

「もう自分の好きなところ覚えたでしょ」

耳元で囁《ささや》かれるたびに、毒が回るかのごとく思考が鈍っていく。

「触ってくださいって、ちゃんと言える？」

この人は、どこまでわたしの羞恥心を煽《あお》れば気が済むんだろう。

ほっぺたがチリチリ焼けるように熱い。

指先はすごく弱い力で焦らすように周辺をなぞるだけ。

だめ……、だめだよ、これ以上は。

頭ではそう思うのに、どうしてだめなのかすらすぐにわからなくなってきて。

「っ、さ……がら……さん」

その切ない声がまさか自分のものだとも気づかないまま、相楽さんの腕に縋《すが》るように抱きついた。

「抱きついちゃうの可愛いけど、ちゃんと言わなきゃわかんねぇよ？」

「……、ぅ……」

そんな恥ずかしいこと……言えるわけない。

でも、焦らされて焦らされて、このままだと気がおかしくなりそう……。

気づけば相楽さんの手のひらに自分のを重ねて、その部分に誘導してしまっていた。

すぐそばで小さく笑う気配がする。

「こんなこと、誰に教わったの」

そう言いながら指先に力を込められれば、じわりと気持ちよさが広がった。

「不合格だけど、可愛かったから特別」

「ひぁ、……んっ」

甘さに呑まれながら、ああ……理性が溶けるって、きっとこういうことなんだろうな。

生まれて初めて理解できた気がした。

――そのとき。

「よかった。思ったより高く売れそうだ」

そんな声が小さく落とされて。

直後、すうっと体温が失せる。冷や水を浴びせられたように、頭も一気に冷静になった。

……そっか。

相楽さんがこんなことをするのは、自分の欲を満たすためでも、もちろん、わたしを可愛がるためでもない。

わたしが高く売れるようにするため……〝価値のある商品にするため〟……だ。

そういえば、相楽さんもさっき言ってたじゃん。

『俺が仕込まないといけないね』って。

直前に本を使ってからかわれたから、同じくからかわれたんだと思ってスルーしてしまった。

いや、そうじゃなくても、ここに連れて来られる前からわかってたことじゃん。

お前は商品だ、って、言葉でも視覚でも思い知らされてたじゃん。

「……っ」

なのに、なんでこんなにショックを受けてるんだろう。

目頭が熱くなる予兆もなく、ぽたっと涙が落っこちた。

それに気づいたのか、相楽さんがふと動きを止める。

「ごめん、なさい……なんでもないです」

何かを言われる前にと口を開く。

従順に……。

嫌がる素振りを見せちゃいけない……。

「冬亜」

「き、気にしないでください、ちょっとでも高く売れるように、頑張り……ます」

「……そうだね。頑張ろうか」

「……はい」

相楽さんが体勢を変えて、今度はわたしに覆いかぶさるかたちでゆっくりと体重をかけてきた。

——わたしは商品。

商品に感情なんて必要ない。

そう言い聞かせながら、じっと続きを待っていた、のに。

「……でも、頑張るのは明日からでいいよ」

おもむろに伸びてきた手が、わたしの乱れた衣服を丁寧に直していくから。

「え……？」

と、小さく戸惑いの声が漏れる。

それから、ふと影が落ちて、反射的に目を閉じた矢先。

唇に、微かな温もりを感じた。

「今日はこれで終わり」

ベッドの灯りが消える。それから体にブランケットが掛けられて。

最後に、

「ゆっくり眠りな」

春のように柔らかな声が、わたしの鼓膜をやさしく撫《な》でた。

繋がれた鎖

相楽さんの家に来るまで、夜はあまり眠れない日々がずっと続いていた。

朝学校に行って、放課後はバイトをこなして家に帰る毎日。

テスト週間は、遅くまで起きて勉強をすることもあった。

いつも決まって疲れているはずなのに、眠りにつくまで、わたしはかなり時間がかかる。

体は疲れているのに、眠いという感覚はあるのに、漠然とした不安が常に頭の片隅を刺激して休むことを許してくれない。

浅い眠りの中で見る夢は決まって悪夢。何かに追いかけられたり、どこかに落ちていったり。

息を乱しながら目が覚めるのは、深夜の二時とか三時。

結局、アラームの鳴る朝方までそれを繰り返すから、ちっとも休めた気がしないんだ。

常にそこはかとなくだるい体。常にどこかぼんやりとした頭。

ここ数年はそれが当たり前だったから、いつの間にか苦痛に感じることはなくなっていた。

——だから、こんなに心地いい目覚めの朝が存在することに、驚きを隠せなかった。

カーテンから差し込む光に誘われるように意識が浮上して。

自《おの》ずと瞼が開いた先には、端正な顔があった。

体がぽかぽか温かいのは、もちろんブランケットのおかげもあるけれど。

彼が——相楽さんが、わたしを抱きしめるような形で眠っていたからだと気づく。

この温かさは現実だ。

お母さんが借金と引き換えにわたしを差し出したことも、オークション会場で女の子が売られていたことも、相楽さんの家に連れて来られたのも、全部現実。

客観的に見ても、地獄絵図みたいにひどい現実。

だけど、目が覚めたとき相楽さんの体温がすぐ近くにあって、わたしはすごく安心した。

もしかして……一晩中、こうしててくれたのかな。そう考えると、胸の左側が少し大げさに反応する。

それを誤魔化すようにブランケットをぎゅっと握って。

ついでに、その布がわたし側に片寄っていることに気づいて、そっと相楽さんの肩に掛けた。

──『今日はこれで終わり』

あれは、意識が落ちる少し前の記憶。

あのとき目を閉じていたから、定かではないけど……確かに、唇が触れていたように思う。

ほんの一瞬、たぶん、かすめる程度のキスだったんじゃないかな。

考えれば考えるほど自信がなくなっていく。

なんせわたしは恋愛経験ゼロ。キスの感覚なんて、知らないんだもん。

でも、キスだったとしても、キスじゃなかったとしても、相楽さんの優しさを感じたのはたしかだった。

わたしは三ヶ月後のオークションに出される商品。

相楽さんの手で、より価値のある体になるように仕込まれる。

目を逸らしたくなるほど辛い現実だけど……。

『ゆっくり眠りな』と、相楽さんがブランケットを掛けてくれたことは間違いないから。

今はそれだけで、いいと思えた。

かと言って、絆《ほだ》されたわけじゃない。ここから逃げるっていう意思はきちんと残ってる。

ここは十階だというハナシだったけど……相楽さんが眠っている今なら、窓を使わなくても、抜け出せるんじゃ……？

突然、安易な考えが浮かんで、ごくっと息を呑んだ。

相楽さんの顔をまじまじと見つめる。

ちゃんと呼吸をしているのか不安になるくらい、すごく静か。

胸がわずかに上下していることを確認して、ひとまずほっと息をつく。

よし。どこからどう見ても眠ってる。

確かめていると、次第に手に汗が滲《にじ》んできた。

本気で、今、逃げようと思ったわけじゃない。

でも、もしかしたら逃げられるかもしれないという可能性が、少しの興奮と派手な緊張を呼び起こしているんだと思う。

大丈夫、実行はしない。なんたって気が早すぎる。

普通に考えれば、部屋の内側から鍵を開けて外に出るのはとても簡単だけど、相楽さんが易々とそんな状況をつくるとは考えられない。

それに、寝てる間に逃げるなんて、幼稚園児でも考えられることだし……。何か対策されてるって考えるのが妥当だよね。

でもせっかく相手が眠ってるんだから、このチャンスは有効活用すべき。

まずは、相楽さんはどの程度の刺激で起きるのかを検証するのがいいかも。

うん。我ながら名案では……？

ひとり脳内会議を済ませて、いざ、ブランケットに手をかける——やいなや。

「さっきから何」

低い声がして、びくっと肩が跳ね上がる。

え……っ？

瞬きと同時に視線を切り替えると、寝起きで不機嫌なアーモンドアイが、わたしを睨みつけていた。

〝さっきから何〟……とは、何？

わたしはまだ相楽さんと同じブランケットの中で横になっている状態。

起き上がってもないし、声を出したわけでもない。

何も……してないはず。

「……おはよう、ございます」

とりあえず挨拶をした。ブランケットの中だから篭《こも》ったような声になる。

「よく寝れた？」

「あ、はい……。えっと、相楽さんいつから起きてたんですか」

「んー……どうだっけ。ブランケットかけてくれたのは知ってるよ」

「っ、ずっと寝たふりしてたんですかっ？」

「いやまだ眠かったから目閉じてただけ」

首のあたりからぐわぐわ熱くなっていく。

それって寝たふりと変わんないじゃん……！

よかった。どの程度の刺激で起きるのか……とか検証しなくて。

ふわっとあくびをしながら上体を起こした相楽さん。

つられてわたしも起き上がる。

「相手の寝ている隙を狙って逃げる……いい判断だと思うよ。俺でもそうするし」

な……っ。嘘でしょ。

どうして脳内を見透かしたようなことばっかり言うんだろう。

空いた口が塞《ふさ》がらない。

もしや、無警戒を装いわたしを泳がせて、楽しんでるんじゃ……。

「た、たしかに今なら逃げれるんじゃないかって、ちらっと頭をよぎったけど、実行に移す度胸も気力もないです」

「うん、そのほうがいい。たとえ俺が今死んだとしても冬亜は逃げられない」

相楽さんはあっさりそう言った。

〝死ぬ〟なんて、そんな……。

「縁起でもないこと言わないでください……」

「そこは、〝どうして相楽さんが死んでも逃げられないんですか？〟って聞くところでしょ」

「え……あ……。どうして逃げられないんです、か？」

「…………」

あ、また呆れた顔をされた。

だって……相楽さんがいなくなったら、またひとりになっちゃう……。

たった今逃げることを考えてたのに、いなくなったらどうしよう、なんて……。

矛盾しすぎて自分のことがよくわからなくなってきた。

「冬亜って緊張感ないよね」

「うぅ、友だちからもよく言われます」

「……。逃げられないって言ったのは、冬亜の体にGPS仕込んであるから」

「ジーピーエス……GPSっ？」

胸を貫かれるような衝撃だった。

GPSがわたしの体に仕込まれてる。

体に埋め込まれたってこと……っ⁉　どうやって、いつ、どこに……っ⁉

それにGPSってことはつまり、位置情報がリアルタイムでバレバレ……！

またたく間に血の気が失せていく。

「わたしの体のどこにGPSがあるんですかっ？」

「まさか教えてもらえるとでも？」

「……あ、たしかに」

「なんてね。鏡見たらわかるよ」

「えっ」

目に見えるところに付いているとでもいうんだろうか？

てっきり、皮膚にチップが埋め込んであるんだと思ったけど……。

「鏡、見てきてもいいですか？」

「どうぞお好きに」

一応許可を取ってから洗面台へ向かう。

いざ鏡の前に立った瞬間、GPSを探すより先に髪の毛がボワッと盛り上がっていることに気づいて、思わず声を上げそうになった。

寝癖……っ、ついてたんだ！

すぐさま水で濡らして押さえつける。

相楽さんも絶対気づいてたよね。どうして教えてくれなかったんだろう。

いや、指摘されたらされたで恥ずかしいけど……。

そう思いながら、再度鏡を見て寝癖の具合を確かめる。

うん。まだちょっとうねってる感じはあるけど、だいたい直ったかな。

──と、そのとき、鏡の中の自分の異変に気づいた。

首に何か巻かれている。これ……チョーカー？

ピンクベージュのそれは肌に馴染んでいてあんまり目立たないけど、触ってみるとわりと丈夫な生地でできていて、簡単に引きちぎることはできなそうだった。

真ん中のチャームには鍵穴がついている。

可愛い……とうっとりした直後、ハッとする。

もしかして、これが……。

「相楽さん……！」

急いでベッドルームに戻った。

「ＧＰＳって、このチョーカーのことですかっ？」

「うん、そう」

「この鍵穴は……鍵がないと解除できないって、こと？　だから、相楽さんが死ん、でも……逃げられないの？」

「そーそー」

真剣に尋ねているのに、スマホを触っている相楽さんはまるで話を聞いていない。……ように見せかけて。

「そのGPSの情報、俺だけじゃなくて俺の同僚にも共有されてんだよ。そして鍵は事務所が管理してる」

スマホに目を落としたまま、丁寧に説明してくれた。

「裁《た》ちバサミやらペンチやら使えば引き千切ることは可能だろうね。だけどロックが掛かった状態で強い衝撃が加われば直ちに通知が出されるから、逃げ出す前にうちの野郎共に捕まって終わり」

絶望的な事実を機械のように淡々と告げるから、よっぽど怖い。

〝相楽さんが死んでも逃げられない〟の意味がよくわかった。

わたしの位置情報は相楽さんだけじゃなく相楽さん〟の同僚さんにも監視されてい

る。ロックを解除するための鍵は、事務所が管理している。

よって相楽さんの睡眠中に逃げることも不可能……。

「酷い……」

思わず零れた声に、相楽さんはようやく顔をあげた。

「本来はベッドに鎖で身体ごと繋いでおくのがウチの決まりでね。これはだいぶ優しいほう」

「………」

「それに、まだ希望はあるよ。冬亜がウチの事務所を全滅させれば解決するハナシなんだし」

ここでにこっと笑うのが、相楽さんのなんとも憎たらしいところだ。

「ふざけたこと……言わないでください」

「うん。そうやって憎んでおけばいい。誰かを憎むことも生きる理由になり得るからさ」

わたしの頭をぽんぽんとテキトウに撫でてから、相楽さんはライターで煙草に火をつけた。

逃亡の計画は長い目で見て、念入りに練り直さなくちゃ……。
ベランダに出ていく背中を見つめながら、ぼんやりと考える。
ああ……気が遠くなりそうだよ。

真昼の訪問者

朝食は一汁三菜が揃った栄養たっぷりのお膳が出てきた。

昨日はカップラーメンだったから、てっきり毎日そういう食事になると思ってたのに……びっくり。

相楽さんが作ってくれたわけじゃなく、毎日わたし用に宅配されてくるらしい。

「こんなに豪華なの……いいんですか？」

「礼なら会社に言いな。会社の金で用意されてんだから」

そっか。商品だから大事にするって言ってたもんね。

健康な体は食事からって言うし……。

さすがお金持ちを相手にしてるだけある。商品管理を徹底しているぶん、信頼も厚いんだろうな。

……うん？　ちょっと待って。この豪華なお膳が会社からの提供品ってことは。

「もしかして昨日のカップラーメンって、相楽さんの私物……」

「私物って言い方はおかしくね」

「相楽さんが食べるはずだったものを恵んでくださったわけです、よね。すみません……」

「いや、たいしたものじゃないし全然ストックあるから」

バサバサ切り倒すような返事の仕方は相変わらず。

そんな相楽さんは、いつの間にかスーツに着替えていた。

出かけるのかな？　今日は土曜だけど……まあ、相楽さんのお仕事に平日休日は関係なさそう。

昨日バーで会った人にも「社畜」だとか言われていたのを思い出す。

それに、テーブルに置かれた朝食は一膳だけ。

「相楽さんはご飯食べないんですか？」

「俺は腹が減ったときに食べる主義なの」

「それは健康に悪いですよ……」

「別にいいよ。長生きしたくないし」

投げやりな返事を最後に、ダイニングを出ていってしまう。

仕方なくひとりで手を合わせた。

〝長生きしたくない〟……かあ。お味噌汁を啜《すす》りながら反芻する。

別に長生き〝しなくてもいい〟、だったらまだわかるけど、長生き〝したくない〟ってどうなの？

まだ若いのに煙草スパスパ吸ってるし。

お腹減ったら食べるっていう不規則かつ、たぶんカップ麺が主食という偏った食生活。ついでに社畜。

なんか……死に急いでるような感じがするのは気のせいかな。

胃のあたりがモヤっとした。

いけないいけない。

せっかく豪華なお膳なんだから、よく味わって食べないと……！

頭を切り替えて、目の前のご飯に集中する。

あったかい白ご飯。焼き鮭の塩加減も絶妙。サラダのドレッシングもほんのり酸味があって、野菜の甘さを引き立ててる。

美味しい……のに、味気ない。味が薄いとかじゃない。

高級ホテルばりの味付けで栄養もばっちりなのに、それでも昨日相楽さんが作っ
それでも昨日相楽さんが作ってくれたカップラーメンのほうが美味しく感じた。

わたしが貧乏舌なのも、あるとは思うけど……。

思い返せば、以前もそうだった。

スーパーのお惣菜《そうざい》をひとりで食べるより、お母さんが下手ながらも作ってくれた卵焼きのほうが美味しかった。

一緒にテーブルを囲んで食べるときはもっともっと美味しかった。

そういえば昨日カップラーメンを食べるとき、向かいに相楽さんが座っててくれたっけ……。

そんなことを考えながら箸を進めていると、再びダイニングに相楽さんが入ってきた。

「仕事行ってくる」

それだけ告げてすぐに出ていこうとするから「あっ、待って……」と、つい引き

止めてしまったけど。

「うん？」

「あ……」

特に言いたいことがあるわけでもなく、慌てて頭を回転させる。

「わ、わたしを置いて出かけても大丈夫なんですか……？」

「いいんじゃない。冬亜は逃げないでしょ」

「………」

「少なくとも、〝今〟は」

「……そう、ですね」

くすっと笑われる。やっぱりお見通しなんだ。

逃げないっていうか、逃げられないんだよ。あんな脅し方されたら。

「ここから出ない限りは好きにしてていいよ」

「……はい」

「あ、それと。帰ったら頑張ろうね」

「へ？」

一瞬なんのことかわからず首を傾げた。

「昨日の夜、〝ちょっとでも高く売れるように頑張ります〟って言ったでしょ」

心臓がドクッと大きく跳ねる。

「……わかり、ました」

そう小さく返事をして見送ったあと。

昨日相楽さんに触れられた部分が、ゆっくりと熱を持つのを感じた。

好きにしてていいと言われたものの、スマホも持っていないので週末に出された課題をテーブルに広げた。

ＧＰＳまで付けて見張るくらいだから、学校には行かせてもらえないんだろうな……とすでに半分諦めているけど。

ひとりぼうっとしてると思考がマイナスな方向に流れてしまうから、頭を使って気を紛《まぎ》らわすほうがよっぽどいい。

まずは英語の予習から。英語の授業はひとり一文ずつ訳を読むところから始まるので、あらかじめノートに記しておく必要がある。

『No problem.』とかのイディオム一つで終わる人もいれば、三行から四行も読まなきゃいけない人もいるので、なんだかなあ、といつも思っている。

しかも、その三行四行に当たる確率が、わたしは他の人より高い気がするんだよね……。

つくづく運がないのかな……なんて、結局暗いことを考えてしまった。

零れそうになったため息を呑み込んで、教科書に向き直る。

【How huge that airship is!】

うーん……さっそく一文目からわからない。

airship はたしか飛行船のことだったはず。how は……〝どうやって〟とか、〝どのように〟とか、いっぱい意味があるよね。

想像で勝手に訳すわけにもいかないので、電子辞書に頼ることにする。

アパートから持ってきたバッグの中を漁《あさ》る……も、見つからない。

そういえば、精密機器だから最後に入れようと思っていて、机に置きっぱなしにしてきたかも。

少しのあいだ放心した。

こういうとき、スマホがあれば調べられるのに、今はそれも叶わない。

高校合格と同時にお母さんが買ってくれたのに、ヶ月と経たないうちに、借金取りさんに借金のカタとして取り上げられてしまった。

おかげでバイト先の店長さんには毎回多大なご迷惑をかけている。

みんながスマホでシフトを提出する中、特別に紙で対応してもらったり。大事な連絡があったときは、家の電話に掛けてもらったり……。

そこまで考えたとき、一旦思考が停止した。

「っ、そうだ、バイト……っ」

わたしのバイト先の、駅中にあるレストラン。土曜の今日は、十四時からシフトが入ってたんだった！

反射的に立ち上がるも、わたしはここに囚われている身。

ただでさえウチは人手が足りてないのに。お客さんが多い土曜日に、ホールスタッフはわたしと大学生の女の人のふたりだけ。

どうしよう、ワンオペで頑張ってもらうことになっちゃう……。

店長の電話番号は覚えてるけど……。

見渡しても部屋に固定電話らしきものはなく、うなだれる。

現在、午前十一時を過ぎたところ。

いくら考えてもなす術《すべ》はないのに、あまりの申し訳なさから課題どころじゃなくなってしまった。

教科書の英文の同じところをひたすら眺めているうちに、部屋の時計は十一時半を回った。

――そのとき。

ピン、ポーンと音が聞こえた気がして、ハッと顔を上げる。

相楽さんが帰ってきたのかなと一瞬考えたけど、自宅に入るのにわざわざインターホンは鳴らさないだろうなと思って。

だとしたら、お客さん……？

わたしは余所者《よそもの》。居留守を使うべきだと判断した矢先に、もう一度インターホンが鳴った。

立ち上がって、そろりそろりと画面の前に移動する。液晶に映るのは、当然のことながら知らない人。

だけど、何か荷物を抱えているのが見えて、つい応答ボタンを押してしまう。

『あ、お世話になっております！　料亭・鏑木《かぶらぎ》の者です。お食事をお届けに参りました！』

お食事……。そのワードが、今朝の記憶と繋がった。

そういえば、ご飯が宅配されてくるって相楽さん言ってたっけ。

お箸の袋にも『鏑木』って印刷されてた気がする。

「い、今行きます……っ」

急いで玄関へと走る。勝手に開けても、いいんだよね？

オートロックの扉を思い切ってえいっと押した。

「わざわざ出てきていただいてすみません。ＢＯＸに置き配指定で承っていたのですが、先ほど相楽様よりご連絡がありまして……」

「え……相楽さんからですか？」

「はい。宅配のことを同居人様に伝え忘れていたので、今回だけは対面でお渡ししてほしい、とのことでした」

「なるほど、そうだったんですね」

相楽さん、出先でもわたしのことを考えてくれたんだ……。

なんとなく嬉しくなって、箱を受け取りながらついほっぺたが緩んだ。

「ありがとうございます。今朝のお膳もすっごく美味しかったですっ」

「――……っ」

「……？　あの、どうかされましたか……？」

相手が急に固まるから不安になる。

もしかして、今朝の寝癖が再発してたりする……？

「も、申し訳ありません、なんでもございません……！　それでは、お渡し完了の通知を相楽様に送っておきますね」

相手は慌てたようにスマホを取り出して操作し始める。

そのスマホを見て、思わず「あ……」と声を出してしまった。

再び目が合う。

「あ……すみません、えっと……。スマホを貸していただけないかなと、思って」

「えっ？」

――しまった。

勢い余って失礼なお願いをしてしまった。

「すみませんっ、やっぱり大丈夫です」

「いや！　オレのでよければどうぞ！」

「えっ。ほんとにですか？」

親切な人でよかった……。

改めてまじまじと見ると、思いのほか相手が若かったことに気づいた。

わたしよりは少し上に見える。相楽さんと同じくらいかな……？

と思いつつ、そういえば相楽さんの年齢をまだ知らない。

ありがたく拝借したスマホに店長の電話番号を打ち込むと、ワンコールで出てくれた。

急に引っ越しが決まったこと、今日のシフトを含め、今後恐らく続けられないということを伝えれば、『大変だったね、わざわざ連絡ありがとう』と言われ、うっかり泣きそうになる。

店長さんはわたしの家の事情を知っていて、いつもなにかと気にかけてくれた。

「最後までご迷惑をおかけして本当に申し訳ありません。今まで本当にありがとうございました。……お元気で」

　宅配員さんは気を遣ってか、廊下の少し離れた場所に立っていて、通話が終わったことに気づくと駆け寄ってきてくれた。

　貸してくれたことにもう一度お礼を言って、深く頭を下げる。

「お時間使わせてすみません。気をつけて帰ってくださいね」

「はい。では失礼します！　……それで、あの……」

　一度は踵《きびす》を返した宅配員さんが、再びこちらを振り向いた。

「オレ学生なので、土曜の昼だけの担当なんですけど……。もしよかったら、来週もこうやって対面でお届けしていいですか……？」

「え？」

「ウチの料亭はお客様のご意見を大事にしてるので、よかったら味のご感想とか伺えたらなって……」

　ああ、なるほど、そういうことか。

「もちろんです。インターホン鳴らしてもらえたらすぐに出ますね！」

　そう返事をして見送ったけど……。

いいよね？　これくらい。

約束は〝ここから出ない〟ことだから、玄関先はセーフだよね？

そもそも今回、他でもない相楽さんが対面での宅配をお願いしたわけだから、咎《とが》められるなんてことはないはず。

そう結論づけてから、ダイニングルームに移動した。

お昼のお膳もすごく豪華だった。

中でも豚の角煮が絶品で、お肉の柔らかさは感動もの。商品の分際でこの贅沢は申し訳ないとすら思えてくる。

……相楽さんは、ちゃんとお昼食べてるのかな……。

食べててもどうせ、カップ麺とかエナジー系のゼリーとかなんだろうな。

この美味しさを分かち合えたらいいのに……。

ていうか、食べてもらいたい。

急に思い立って、戸棚にあった小皿にまだお箸を付けていない角煮を取り分けた。

ラップを掛けると、無意識に口元が緩む。

鬱《うっ》陶《とう》しがられるかもしれないけど、食べてくれたらいいな。

夜間の訓練

余計なお世話かなと思いながらも、お風呂を沸かして相楽さんの帰りを待った。

玄関が開いたのは、午後六時を少し過ぎた頃。

わたしはベッドのある部屋からいそいそと廊下に出た。

「あ……えっと、お疲れ様です」

「はは、お出迎えしてくれるのか。お疲れ」

「あの、お昼はありがとうございました。おかげで美味しいご飯を受け取れました」

「うん。十一時半指定でＢＯＸに届くようにしてたの、冬亜に言い忘れてたなーって思い出したんだよね」

そう言いながら、相楽さんがネクタイを緩める。

「うまかった？」

「はいっ。特に豚の角煮が絶品でした」

「へえ。さすが料亭なだけあるな」

「……それで、その角煮を一つ冷蔵庫に取り分けてるので、よかったらあとで相楽さんも食べてください」

すると、ジャケットを脱ぐ相楽さんの動きがぴたりと止まった。

もう夏手前なのに、スーツはジャケットまで羽織らなきゃいけないなんて社会人は大変だ。ていうか、中の黒いシャツ……相楽さんの白い肌によく似合ってるなあ。

なんて一瞬余計なことを考えて、再度相手を見上げる。

「俺用にわざわざ？」

「はい。……ご迷惑、でしたか」

「そうだね。お前のなんだから、全部自分で食べてもらわないと困る」

「……、そうですよね」

相楽さんの性格上、なんとなく予想はしてたけど、断られるとやっぱり少しショック……。

「──って、俺の立場上そう答えるべきなんだろうけど。食べるよ」

「え？」

「皿、テーブルに出しといて」

そう言って相楽さんはクローゼットのほうに歩いていった。

一拍遅れて嬉しさがやってくる。

急いで台所に移動して、冷蔵庫からお皿を取り出した。

豚の角煮って、レンジで温めすぎると爆発しちゃうって、中学の頃に家庭科の先生が言ってた気がする。【十秒】のボタンを三回押して、あたためスタート。

このくらいだったら爆発は免れるかな。

せっかくだから温かいものを食べてもらいたいもんね。

レンジの中で回転する角煮をじっと見つめる。残り十秒を切っても爆発の気配はない。

チーンという音とともにレンジを開けると、ふわっとジューシーなお肉の匂いがした。

それにしても……と、今使ったレンジやシンク周りを見渡す。

三口コンロやら食洗機やら炊飯器やら。

贅沢なくらい揃っているのに、どれもまるで新品同様、使った形跡がほとんどない。思えばシンク周りだけじゃない。どの部屋もテーブル、椅子、ソファ、ベッドっていう必要最低限な家具しかないおかげで、ただでさえ広い家がさらに広く感じる。最近は〝生活感がない部屋〟っていうのが流行《はや》ってるってレオくん言ってたけど、まさにここがそのお手本みたいな空間だ。

相楽さんの場合、意識して生活感をなくしてるわけじゃなくて、ほんとに必要なっいって感じなんだろうな。

わたしが住んでたアパートも家具自体は少なかったけど、お母さんのお洋服やコスメやバッグたちがきらきらしてていつも明るかった。

お母さん、今どこで何してるんだろう……。

「冬亜」

「――っ⁉」

振り向いたら相楽さんがいた。

いつもまるで気配がないの、心臓に悪い。

「い、今温めたので食べてください」

「どうも。ところで、風呂入れてくれたんだ？」

「はい。さっき沸いたばっかりです。すぐに入りますか？」

「そうだね。一緒に入る？」

「はい。………え？」

わたしが「え？」と発したとき、相楽さんは豚の角煮にお箸を伸ばしていた。

「うん。思ったより脂っこくなくて食べやすい」

「お、美味しいですよね。食べたとき、すっごく感動したんです。わたしの知ってる豚の角煮じゃないって」

「中華寄りの本格的な味付けだね。スパイスは八角かな。赤ワインに合いそう」

無関心そうにしながらも、いきなり専門家のようなことを言い始めるのでびっくりしてしまう。

生まれてこのかた、料理とかしたことなさそうとか勝手に思ってた。

でも……今はそれよりも。

相楽さん、さっきお風呂に『一緒に入る？』って言わなかった？

聞き間違い……？

「あの……お風呂入りますか？」

お皿の角煮がなくなったタイミングで再度尋ねてみる。

「うん。お前も来なよ」

「っう、え……。もしかして、わたしはまたからかわれていますか？」

「お勉強だよ。俺はどうでもいいけど、知らねーよ？　売られた先でいきなり一緒に風呂に入れって強要されることがあっても」

「な……るほど……。たしかにそうですよね」

自分の置かれた状況を改めて思い出した。

いい商品なら、あらゆる要求に応えられるようにならなきゃいけないもんね。

いや、でも……。

「急にお風呂は、やっぱり恥ずかし……」

「あーあ。真っ赤になっちゃったか。ごめんごめん、冬亜にはまだ早かったねえ」

急に小さい子を相手にするような口調に切り替わる。唇に薄い笑みをたたえて、わたしを煽ってくる。

うぅ、バカにされてる……っ。

「い、いや……っ、できます、ちゃんとお背中流します」

まんまと煽りに乗せられて、そう口走った矢先。

「バァカ。男の言う〝一緒に入る〟っていうのはさ……」

ふと、指先が服の裾を捲《めく》って、素肌をつーっとなぞった。

「……こーいうことだよ」

今度は急にトーンダウン。

熱を伴いながら、ぞくぞくっとした何かが背中を駆け抜けた。


ぱしゃん、ぱしゃん。

もう何度お湯を肩に掛けたかわからない。

寒いわけじゃない。むしろ恥ずかしさで火照るほどなのに、落ち着かずについこの仕草を繰り返してしまう。

覚悟を決めて一緒にお風呂場へ行ったはいいものの。

緊張のあまり石像のごとく固まったわたしを見兼ねた相楽さんが『冬亜が先に入って、準備できたら声かけて』と猶予《ゆうよ》をくれた。

だからお言葉に甘えて、お先に体を洗ってシャンプーもリンスも済ませて──。

今、浴槽の中。すぐそばで相楽さんがシャワーを浴びているので、目のやり場がなくて困り果てる。

出会ってまだ三日目の人とお風呂に入ることになるなんて思いもしなかった。

相楽さんはこういうの慣れっこなのかな……。

ちらっと一瞬、ほんとに一瞬だけ顔を上げてみる。

「……っ」

だめだっ、やっぱり刺激が強い……！

顔面ごとお湯に突っ込んだ。

思ってたとおり体の線が細かった。でも、弱々しさは微塵《みじん》もない。

全体的にしゅっと締まってて、鍛えられてるなあって感じの身体。

喉元、首から肩にかけてのライン……どこを切り取ってもたしかな「雄《オス》」を感じた。

……男の人、なんだなあ。

そんなのあらかじめ知ってたことなのに、改めてハッとさせられた気がした。

──『もう自分の好きなところ覚えたでしょ』

――『触ってくださいって、ちゃんと言える？』

湯船の中、昨日の夜の相楽さんの声が蘇ってくると、もはや茹《ゆ》でダコさん状態。

叶うことなら「お先に失礼します」と言って今すぐあがりたい。

息を止めるのも限界がきて、ぷはっと水面から顔を上げた――瞬間。

「わ⁉」

目の前に、端正な顔。

「顔つけてなにやってんの」

「……、な、何秒息止めれるかなって思って」

「八秒だったよ」

「えっ」

「俺なら一分は余裕かな」

「し、死にますよ」

「それはさておき、気分悪いとかじゃないよね」

「あ、はい。それは全然大丈――夫じゃないって言ったら、あがらせてくれるんですか……？」

「いいよ。その代わり明日の訓練の時間が倍になるけど」

「え、ぇ～……」

相楽さんはやっぱり相楽さんだった。

浴槽の中でよりいっそう体を丸めながら、相楽さんの分の空間をあける。

そんなことをしなくても、この豪華なお風呂場、あとひとり入れるスペースは余裕であるんだけど。

ザプ……とお湯が溢《あふ》れた。

相楽さんに背中を向けた状態で体育座りをしているわたしは、その気配にぎゅっと目を閉じた。

「もうちょっとこっち寄って」

「………」

「寄れ」

覇気のない命令口調だったけど、びくっと肩が震える。

半ば無意識に「はい……」と返事をしかけたそのとき。

ちゃぷ……と水面の揺れる気配がしたかと思えば、不意に後ろから抱き寄せられて。

浮力が働くせいで、すーっといとも簡単に体が後退し、相楽さんの腕の中にすっぽり収まった。

これ……昨日のベッドでの体勢とまったくおんなじだ。

相楽さんの脚の間に座らせられて、後ろから抱きしめられてる。

頭の中で記憶と勝手に重なってしまうから、そこから意識を逸らそうと会話を試みる。

「相楽さんて……こういうの、今までもやってきたんですか？」

初手にこの質問が出てくるあたり、我ながらアホだと思う。

話、全然逸らしきれてない。

「商品として送り出した女が過去にもいるかってこと？」

「はい……そう、です」

「六、七人くらいだったかな」

「……へえ、そうなんですね」

今、胃のあたりがなんとなくツキっとしたのは、緊張してるからだよね。

「でも今までの女はみんな既に〝完成〟してたから、冬亜みたいに手は掛からなかったよ」

「…………」

「面倒だからお前のことも放置できればいいんだけど、仕込んで感じやすいカラダにしておいたほうが高く売れるんだよね」

またちゃぷ……と音がして。

今度はわたしの肩にこつんと頭を預けてくるから、あやうく思考回路が寸断されかける。

つまり「お前は手が掛かる」、と。

「経験がないぶん、俺は冬亜に時間をかけて覚えさせなきゃいけない」

わたしに悪態をつきながら、どうしてこんな甘えるような仕草をするのか。

さっぱり理解できない。

その支離滅裂さに心を乱される。

「みなさん、そんなに優秀だったんですね」

「だいたいウチの商品としてやってくるのは嬢あがりとかウリやってる女がほとん

どだからね、俺が直接教えるまでもなかった」

「え……。じゃあ、オークションまでの間、相楽さんは何をしてたんですか？」

「逃亡の見張り。あとは精神管理のためにご機嫌とりをテキトウに」

「へえ、なるほどお……」

じゃあ……相楽さん自ら体に教えこむ、みたいなことはなかったんですか……？

浮かんできた疑問は、生々しすぎるのでさすがに呑み込んだ。

「ていうか。お前勘違いしてない？」

「え？　——ん」

水音を立てて、相楽さんの手がふと唇に触れた。

「商品管理はあくまでサービス残業みたいなもん。メインの仕事は別にあるんだよ」

指先が、唇から、輪郭を伝って首筋に落ちてくる。

鎖骨に触れた瞬間、また刺激が走った。

悟られないよう、会話に集中しようと相手のセリフを反芻する。

「たしかに……取り立てにも来てましたもんね、相楽さん」

「言っとくけど取り立ても俺の専門外だから。あのときはたまたま同行しただけ」

「……そうだったんですか」

離れたかと思えば、また水音。

今度は下から、ふくらみをそっと包まれれば、いよいよ呼吸が危うくなってくる。

「サ、サービス残業ってことは……家でわたしの……訓練、を、してる時間のお給料は、出ないってことですよね」

「そうだね。金を貰えるのはオークション後。落札額に応じて俺の取り分が決まる」

「じゃあつまり……わたしが高く売れれば相楽さんの取り分も多くて、安かったら相楽さんの取り分も少ない……と」

それに対する返事はなかった。けど、きっとそういうことだよね……。

──と、冷静な思考ができるのもここまでだった。

さんざん優しくなぞっていた部分に急に力を込められて、堪えきれなかった声が吐息とともに零れ落ちる。

「ん……っ、ぁあ」

「はは、相変わらずここよっわ」

「〜っ、待っ、……や」

「待つわけないでしょ。オークションまであと三ヶ月しかないのわかってんの」

身をよじるたびに水面が波立って。

ちゃぷんちゃぷんって、浴槽にぶつかる音が余計に羞恥心を煽って。

「撫でてるだけなのに……冬亜感じすぎ」

「やっ！　だめ、っ、ぁ」

熱がぐわっと押し寄せて、一瞬目がくらむ。

一瞬引いても、それを追い抜く勢いで上り詰めてくるから。

「さがらさん、っ」

どこかに流されてしまいそうな恐怖から、思わずその手を掴む。

でも、もうぐったり、力なんて入らなくて。

「冬亜、こっち向いて」

「へ？　……んぅっ」

呼吸を封じられた瞬間、体の中で甘いのと熱いのが勢いよくぶつかった。

「や、ぁ〜〜っ、！」

何かが弾ける感覚。つま先が水を蹴る。

わけもわからないまま乱れた呼吸を繰り返していると、なだめるようなキスが落ちてきた。

「ん……っ」

気だるい余韻の中に心地よい甘さが広がる。強張っていた体が、少しずつほどけていくのがわかった。

ぼうっとして、ふわふわ宙に浮いてるみたい。

水の浮力のせいだけじゃ……なさそう。

「今の〝気持ちいい〟って感覚、ちゃんと覚えといてね」

「……うん」

相楽さんの言葉に応えなくちゃと思うけど、もう頭が回らなくて……。

「忘れないうちに、もっかいやろっか」

心地よすぎて、うとうと、眠いような。

ぐるぐる渦巻く中に意識がすうっと引きずり込まれる寸前、最後の力を込めて。

「……うん」

と、もう一度返事をした。

朝方の訓練

次の日——日曜日の朝。

歯磨きを終えたところに相楽さんがやってきて。

「今日の訓練は、罰として通常の倍」

そう告げるから、わたしは放心した。

「どうしてですか……っ？　だって昨日、お風呂場でちゃんと……」

「開始五分でのぼせて中断させた子が何を言ってんの」

「だ、だって……湯船で相楽さんが洗い終わるのずっと待ってたから、長湯状態だったし、仕方ない……」

面倒くさそうな眼差しを向けられれば、語尾は勝手に弱くなっていく。

「このままじゃ俺の大事な時間ぜんぶ冬亜に奪われる気がする」

「早いとこ一人前にさせて、あとは楽しようと思ってたんだけどな」

「………」

「うぅ……ごめんなさい」

てっきり、オークションまでの三ヶ月間みっちり時間をかけて仕込まれるんだと思ってた。

だから、約九十日の内のいくらかはサボり気味の日があってもいいじゃん……と思っていたけど。

相楽さんは、最初にスパルタ的に教え込んで、残りは放置、という計画らしい。

面倒ごとは初めに終わらせる。優秀な人の思考回路だと思う。

きっと、夏休みの宿題も最初の一週間で終わらせるタイプだったんだろうな……。

まあ、わたしのお世話がサービス残業じゃあ、しょうがないよね……。

「頑張ります……」

「うん。じゃあ今すぐ脱いで」

「へ？」

「俺は今日休みだから。ほら早く」

「そんな、でもまだ朝……」

「脱がないなら俺が脱がせるから。ほらバンザイしろよ」

「ひゃあっ！　脱ぐっ、脱ぐので待ってください……ベッドまで待ってくださいっ」

ジタバタ暴れるわたしの体を、相楽さんがひょいっと持ち上げた。

突然の浮遊感にびっくりして、ぎゅっと抱きついてしまう。

「よしよし。そんなにベッドでしたかったんだ、ごめんね」

「〜〜っ！」

棒読みでそんなことを言われて、頭は沸騰寸前。

「やだっ……おろしてください、おろしてっ……！　相楽さんきらい、やだぁっ！」

もうなりふり構わず暴れたけど、相楽さんはがっちりホールドして離してくれない。発泡スチロールを運んでる？ってくらい涼しい顔。

恐るべし筋力と体幹……。

「今の状況だったら〝ベッドに連れてって……〟が男には効くかも」

冷静にアドバイスしてくるところも憎たらしくて、悔しくて。

でも、わたしは常に従順でいなきゃいけないから、ただ唇を噛むしかない。

そうだよ、従順でいなきゃいけないのに……。

抵抗した挙句、〝きらい〟とまで言っちゃった。

遅れて焦りがやってくる。

「きらいは……嘘です」

「弁解の仕方まで下手くそか」

ため息とともにベッドに落とされた。

「自分で脱げる？」

「……はい」

少しだぼっとしたデザインの薄手のトレーナーに、おそるおそる手を掛ける。

大丈夫。この下にはまだインナーを着てるし、いっきに脱いじゃお。

気合を入れたのに、指先がいうことをきかなかった。

「冬亜」

「……、……」

「焦らしてんの？」

「ちが……、恥ずかしいから、自分からは、恥ずかしいです」

「頑張るって約束したでしょ」

ギシ……と相楽さんがベッドに手をついて距離を詰めてくる。

すぐ近くで見られてると思うと、余計にだめだった。

サービス残業。手の掛かる商品。

急にそれらの言葉がのしかかってきて、重圧に押しつぶされそうで。

相楽さんに呆れられる、怒られる、見放される。

苛立《いらだ》たせてる……。

「ごめんなさい、ちゃんとしなきゃって頭ではしっかり思ってるんですけど、手が、全然いうこときいてくれないんです」

申し訳なさ、不甲斐なさ、悔しさ、怖さ、惨めさ。

いろんな感情が涙に変わって、ぽたりと落っこちる。

「急には、まだ、できない……ごめんなさい、相楽さんが脱がしてくれないと脱げないよ……」

涙が膜を張って、わたしの視界を白く濁《にご》した。

ああ……わたしって本当にだめだなあ。

頑張るって決めたのに雑念に振り回されてばっかりで、結局また手を煩《わずら》わせて。これじゃあ逃亡の計画も進むどころかマイナス。お母さんにももう会えないかもしれない……。

相楽さんがどんな表情をしてるのか見るのが怖い。

視界がぼやけてぼやけて、このまま何も見えなくなればいい……なんて。

「冬亜」

「……ん、」

視界が暗くなったかと思えば、次の瞬間、唇に柔らかい感触。

びっくりして瞬きをした反動で、視界がクリアになる。

え……どうして、キス？

戸惑っていると、またすぐに重なった。

「……っ、ぅ、さがらさん？」

「口開けて。それくらいできるでしょ」

「ん……、あっ」

さっきはあんなにガチガチだった体が、今度は催眠にかかったみたいに素直にいうことをきく。

　角度を変えて、何回も、何回も。

　唇から伝わる熱に、次第にほどよくのぼせたようにくらくらしてくる。

　これ、昨日のお風呂場でしたときとおんなじ感覚……。

　今は、肌と肌が密着してる状態でもないし、唇以外の部分を弄ばれてるわけでもないのに。

　甘い感覚で満たされて、満たされすぎて溺れちゃいそうな――。

　何もわからないわたしに相楽さんは呼吸のタイミングをつくってくれた。

　なのにうまく息を吸えなくて、永遠に酸素の薄い感覚のままキスが続いていく。

「自分から舌、絡められる？」

「わ、わかんな……ん、ぅ……」

　相楽さんの手が頭の後ろに回る。反対の手は、わたしの指先に絡んだ。

　あ……これだめ。

　甘さに呑みこまれて、ぐらんと眩暈がした。

　そのタイミングを見透かしたように、相楽さんの唇がゆっくりと離れていく。

「よしよし、がんばったね」

相変わらず棒読みなセリフと、雑な頭ポンポンが降ってくる。

でも、不思議と子ども扱いだとかバカにされてるとかは感じなかった。


これからが本番だと警戒してたのに、なぜか服を脱がされることはなく。

相楽さんは一度ベッドを下りると、なんとホットミルクを片手に戻ってきた。

はい、と渡されたそれには何か裏があるんじゃないかと思ってしまって、つい。

「なんで……。どういった心境の変化ですか……？」

「普通に労りの気持ちからだけど」

「え、は……ありがとうございます」

毒やらクスリやらじゃ、ないよね。

おそるおそる一口すすれば、まろやかな風味が広がり。「わ、美味しい……」と思わず声に出してしまった。

温かいものが体を巡りながら、ぐちゃぐちゃに散乱していた心を元ある場所に戻していく。

「相楽さんは飲まないんですか？」

「俺は煙草あるからいい」

そう言うと、一本を取り出してベランダへ出ていこうとする。

〝煙草、体に悪いですよ〟

ありきたりなセリフが頭をよぎったけど、呑み込んだ。

そんなことは本人もわかってるし、親しくもない他人が咎めることじゃないし。

そもそも、咎めようとして喉まで出かかったわけじゃない。

もちろん、吸いすぎてて心配……っていう思いもあるにはあるけど。

とっさに声を掛けようとしたのは、なんでもいいからもうちょっと話していたい……という気持ちから。

相手は、わたしをオークションに出そうとしてる人なのに。言い換えれば、三ヶ月後わたしを地獄に落とす張本人なのに。

もっと話したい……なんて、本当におかしいと自分でも思う。

相楽さんが悪いんだ。

初めて会ったときから怖そうで危なそうで、でも、いいとこのお兄さん、にも見えて、まるで掴めない。

おまけに自分のことをなんにも話さないから、どんな人なんだろうって気になってしまう。

いやこれは、寂しいが故の言い訳？

相楽さんに構ってもらわなきゃいけないほど、わたしは寂しいのかな。

――まあ、なにはともあれ、戦に勝つためにはまず敵を知るところから、って言うし。

「ベランダ、わたしも出ていいですか？」

「…………」

「あ、えっと。逃げようとか考えてるわけじゃないですよ」

まだ火の灯らない煙草を咥《くわ》えたまま、少しのあいだ考える素振りをして。

「わかった」

と相楽さんは言った。

地上十階って、思ったより高いんだなあ……。

ベランダに出て最初に思ったことはそれ。

本気で追い詰められたら、漫画みたいに雨どいを伝って下りる手段とかも一瞬考えてはみたけど、無理そう……。

「冬亜」

軽い絶望感に襲われているところに、相楽さんから声がかかった。

「ちょっとどいて」

「えっ」

「俺が左行くから」

「はあ……」

とりあえず言われるままに隅によけて。

相楽さんが左側に立ったあとで、わたしに煙が掛からないように風上に置いてくれたんだとわかる。

「ありがとうございます」

見上げたとき、ちょうど強めの風がふいて、相楽さんの髪を揺らした。隠れていた額が露《あら》わになって、相変わらず綺麗だな、と思う。

「相楽さん……」

「うん」

「て、苗字ですか?」

あらかじめ用意してたわけじゃないのに、そんな質問がぽろっと零れる。

「そうだね」

「じゃあ、下の名前は」

「教える必要性を感じない」

「……たしかにそうですね」

いくらキスをしようと体を重ねようと、わたしは商品で、相楽さんは競売にかける側の人間——どこまでいってもその関係は変わらないもんね。

相楽さんは、どうせ三ヶ月でいなくなる相手と知り合っても意味ないって考えなのかな。

……いや、そもそも関心がないんだろうな。

沈黙のあいまにホットミルクをはさむ。

「そういえば昨日、俺が仕事行ってるあいだは何してたの」

まさか話題を振られるなんて思いもせず、軽くむせてしまった。

「あーあ、慌てて飲むから」

「うっ、……ごほ」

慌てて飲んだわけじゃないよ。びっくりしたからなの。

この人関心ないんだろうなって思ったタイミングで話しかけられて。

だけどよくよく考えれば、これもサービス残業の一環に違いない。

自分の不在時に担当の商品が何をしていたか、見張りの意味を込めて尋ねただけ。

「昨日は、課題をしてました」

「課題って宿題のこと？」

「はい。英語の次の単元を必死に訳してたんですけど、電子辞書を前住んでたアパートに置き忘れてきたみたいで、猿もびっくりのトンチキストーリーになっちゃいました」

「ははっ、まじか。あとで見せてよ」

「っ、え」

「ん？」

いや、まさか笑いかけられるとは思ってなかったから……。

なんか今、すごくナチュラルな笑顔だった気が……。

それはさておき、胸がぎゅって締まった感じがして、ちょっと苦しい。

「見せられないよって？」

「は、い……。恥ずかしいので……」

「なんでも恥ずかしいねえ、お前は」

アーモンドアイがすうっと細められる。

あ、これはお馴染みのからかうときの笑顔だ。

こっちのほうがいい、落ち着くから……。

「た、煙草終わったらまた訓練ですか？」

鼓動を誤魔化すように、つい早口でそんなことを口走ってしまう。

「いいや。たった今予定が変わった」

相楽さんは煙を吐きながら、ゆっくりとそう答えた。

「アパートに電子辞書取りに行こうか」

「……え？」

「トンチキ和訳じゃみんなに笑われるでしょ」

「っ、でも学校はもう……」

こちらが首を傾げてるうちに、煙草を灰皿に押し付けて。

「善処するって言ったじゃん」

目を丸くするわたしを置いて、相楽さんは部屋へ戻っていった。

話を聞けば、明日の月曜から今まで通り学校に通う許可が事務所からおりたらしい。ダメ元で頼んでみたところ、思いのほかあっさり了承してもらえて、相楽さんもびっくりしたんだとか。

『俺の事務所からの信頼が厚くてよかったね』と言っていた。

相楽さんの車に乗って通学することが条件で、どうしても送迎の都合がつかないときは、同僚の人に頼むというハナシ。

もちろん、オークションまでの間――正確に言うと、夏休みまでの約二ヶ月足らずの間だけ、にはなるけど……。

ひとまず胸をなでおろす。

あいさつもなしにレオくんと別れることにならなくて本当によかった。

それに、もうしばらくは人間らしい生活を送れる。

当たり前だったはずの日常が急に尊いものに思えてきた。

「ありがとうございます、事務所の方に頼んでくださって」

──現在、電子辞書をアパートに取りに戻って、その帰りの車の中。

返事は「うん」とひとことだけ。

アパートに向かうときも、今の帰り道も、会話らしい会話はほとんどなかった。

ラジオも音楽も流れていない。

でも、不思議と沈黙に気まずさを感じることはなくて。

走行音だけが響く車内の助手席にゆったりと座りながら、景色が流れる様子を見つめる。

ただそれだけの、とても心地いい時間だった。

「──それで、明日の学校に備えて早く就寝させてくれるってことはない……ですよね」

無事に電子辞書を持ち帰り、教科書をイチから訳し直して、夜ご飯を食べて。

お風呂にも入って、髪も乾かして、明日の準備もバッチリで。

あとは寝るだけ……となったタイミングで、相手のご機嫌を伺うようにしてそう尋ねてみたけど。

当然、そんな甘い考えは許されることもなくベッドに押しやられた。

「免除はできないけど、今夜からやり方を見直す」

「やり方……？」

「早く終わらせたいがためにスタート地点のハードルを高めに設定しすぎたから、俺もちょっと反省したんだよね。まさか自分じゃ服も脱げないポンコツだとは思わなかったから」

嫌味混じりにそんなことを言われて、ウッと喉奥がつっかえた。

「だからもう諦めて、冬亜のことは長い目で見ることにした」

ふう、と気だるいため息をひとつ吐いて、相楽さんがわたしの肩を抱く。

そしてぐいっと顔を近づけられるから、心臓がバクン！と跳ねて。

少しでも動けば唇が触れ合いそうな距離に、視界がぐるぐるしてくる。

このままキスしながら押し倒されるのかな……？

この家に来てからの経験を踏まえて予想してみたけど、唇が落ちてくる気配はない。

「……相楽さん？」

「まずはキスの練習からね。冬亜からキスできたら今日は終わりでいいよ」

「え……それだけで、いいの？」

「手っ取り早く快楽叩き込むんじゃなくて、ちゃんとステップ踏ませてあげるの優しいでしょ」

にこ、と微笑まれれば考えるより先に頷《うなず》いてしまう。

「ほ、本当にそれだけでいいんですね？　一回チュッてやったらもう眠っていいんですね？」

「そうだよ。さ、いつでもどうぞ。俺は逃げたり隠れたりしないから簡単でしょ」

昨日は服を脱がせて一緒にお風呂を強要したのに、いきなりこんなにハードルを下げてくるなんて。

何か裏があるんじゃ……と勘繰らずにはいられない。

でもまあ、逃げも隠れもしない、一回だけでいいってちゃんと言ったもんね。

たった今、言質《げんち》はとったからね。男に二言はない！だよね。

それでは失礼して、一回だけ……。

「…………」

「…………」

集中しようと思うのに、荒れ狂った心臓の音が邪魔をしてくる。

うるさいうるさい、収まって。

これは仕事っていうか……事務的なキスだから……！

切り替えてもう一度トライするも、恐ろしいほど整った顔のオーラに圧《お》されてごく、と息を呑む。

わたしたちの間にはバリアでも張られてるんじゃないかってくらい近づけない。

「目を閉じてくれませんか……？」

いったん体を離してからそうお願いすれば、思いのほか素直に閉じてくれた。

今度こそ……。

身を乗り出して、相楽さんの肩に手をかける。

あと十五センチ……十センチ……五センチ……。

チュッとするだけ。ただ一度、チュッとするだけ。

震える唇を、なんとか、重ねた。

刹那、ドッ……と脈が大きく跳ねる。

そのキスは、初日と昨日の甘い感覚を一瞬で呼び起こした。

体の芯が、火がついたように熱くなる。それとは裏腹に、頭がふわふわして、浮力の中にいるみたいで。

「よしよし、合格。上手にできたね、えらい」

褒め言葉と同時に離れていく体を追いかけたのは、無意識だった。

「ん、どーしたの」

「……え？　……あ」

「袖なんか掴んできて……もしかして、物足りないんだ？」

「っ、違――……や、わかん、ない」

胸がぎゅっと締まる。

同時にじわっと涙が滲んで、これじゃあ図星ですって言ってるようなもの。

「今、どんな感覚？」

「……体、ぜんぶ熱くて気だるい感じ……あとなんか、奥のほう……じくじくって、切ない……」

感じる通りに言葉にしてみるけど、漠然としていて、つまりこれがなんなのか自分でもよくわからない。

もしかしたらとんでもないことを口走ったんじゃないかと、時差を経て焦りがやってくる。

「やっぱ初めっから段階踏むべきだったかな……」

やれやれといった様子で、相楽さんは再び雑に抱き寄せてくれた。

ハッとして胸板を押し返すけどびくともしない。

「キスと気持ちいいこと同時に教えたせいで、軽く唇が触れただけでも、条件反射で体が反応するようになったんだろーね」

「……？　……？？」

「ま、商品としては優秀ってことだからよかったじゃん」

まるで他人事のような『よかったじゃん』に、素直に喜べるはずもなく、相楽さんの腕の中でじっと息を潜める。

「約束通りもう寝てもいいけど、切ないの治りそう？」

「…………」

「明日〝全然眠れなかった〟って文句言われても困るし、体勝手に借りるよ」

直後、パジャマの隙間から入り込んだ指先が、つーっと素肌をなぞったかと思えば。

いつも通り焦らす素振りもなく、的確にわたしの弱い部分を捉えた。

「……あぁっ」

びくん、と腰が浮いて逃げそうになると、強い力で引き戻される。

容赦のない刺激に、熱はただただ押し寄せるばかり。

「やぁ……っ、だめ、さがらさんだめ、っ」

強制的に快楽を与えられるだけの甘美な苦痛。

「お前は手が掛かって面倒だけど……声だけはほんとに可愛いよな」

思ってもないことを甘い声に乗せて囁いてくる。

こんな荒療治……酷い。

酷いのに……。

「やっ、〜〜ぁー……っ」

最後は縋るように求めるように手を伸ばして、相楽さんの腕の中であっけなくのぼりつめる。

そんな自分がひどくみっともなく思えて。

部屋の明かりが落ちたと同時に涙が出た。

優しい手

次の日の朝、念のためにと、裏門の少し手前で車から降ろされた。

そして。

「ああ……レオくんだあ……。レオくん……！」

昇降口でその姿を見つけて思わず駆け寄った。

「冬亜ちゃん、おはよ」

「レオくん〜……ちゃんといた、よかったあ！」

「はあ？　どうしたの急に」

「いや、なんか会えたことに感動しちゃったというか」

ちゃんと普通の女子高生として戻ってこれたんだなって……。

ますます意味がわからないというように首を傾げるレオくん。これは至って普通の反応だ。

土日をはさんでたった二日間顔を見なかっただけなのに、しばらくぶりの再会みたいな反応されたら戸惑うよね。

でも実際、わたしはそのくらいの感覚だったんだもん。

三日前の金曜日、いきなり知らない世界に放り込まれてから今日まで、とても長かった。

「それより冬亜ちゃん、なんかいつもと違うね。シャンプー変えた？　あと洗剤も」

「っえ……あ、うんっ。実はそうなんだよね」

すぐさま滲んだ冷や汗が再会の余韻を打ち消してしまう。

すごい。なんでそんなことわかるんだろう……。

レオくんは昔から妙に鋭いところがある。迂闊《うかつ》に口を滑らせないようにしないと。

お母さんが三千万の返済金代わりにわたしを差し出して家を出ていって。

わたしは借金取りの事務所が開催する裏オークションに出される予定の商品なんです……なんて、口が裂けても言えない内容。

頭の中で文字にすると、改めてわたしは本当にとんでもない状況に立たされているんだなってヘンに感心してしまった。

「それに、その首のやつ可愛いね」

指を差されて初めてその存在を思い出す。

そうだった。

位置情報がリアルタイムでバレバレのGPSを着けてるんだった……っ。

いつもは第二ボタンまで開けてるシャツを、慌てて一番上まで留める。

「あー、上まで留めたら見えなくなっちゃうよ。うちの学校校則緩いからチョーカーごときでは注意されないし、隠さなくて大丈夫だって」

「ううん、これでいいんだよ。目立たないに越したことないから」

「えー、せっかく着けてきたのにもったいない」

だって、トイレの鏡を見るたびにこの存在を思い出して、鬱になりそうなんだもん……。

学校にいる間は普通に学校生活を楽しみたいのに、常に監視されてると思うと気が重くなる。

いや、行かせてもらえてるだけ奇跡なんだ。本来、わたしは今日から病欠の予定だったんだから……。

　ふと相楽さんの顔が頭によぎる。

　──今朝、相楽さんは約束通り学校まで送ってくれた。

　びっくりなことに、アパートから電車で通っていたときよりも、相楽さんの家から車で登校する時間のほうが遥かに短かった。

　案外身近な場所に住んでいたんだなあって、なんとなく不思議な感じがした。

　そういえば相楽さん、今朝も何も食べずに家を出てたなあ。

　煙草はいつものごとくスパスパ吸ってたけど、まさかあれでお腹が満たされるわけ……は、ないだろうし……。

　わたしが押し付けた豚の角煮以外に、相楽さんが何かを食べているところを見たことがない。

　もしや、人間じゃない……？

　そんなわけないってわかってるけど、非現実的な妄想をしてしまうくらい相楽さんは浮世離れしている。

　整いすぎた容姿もそうだし、なんでも見透かしてくるエスパー的なところもそうだし。

お腹が減ったときに食べる主義って言ってたから、お仕事のあいまに食べてはいるんだろうけど……。

いつか倒れちゃわないか心配……。

「──ちゃん……、おーい冬亜ちゃん？」

レオくんにのぞき込まれ、ハッと我に返る。

目の前でバラバラと動く指先に、すっとピントが合わさった。

あれっ。

「わたし、意識旅行してた……？」

「うん。廊下歩きながら喋りかけてたのにずっと無視されてた」

「つな！　ごめんね、なんかぼーっとしてたかも」

「いや、冬亜ちゃんがぼーっとしてんのはいつものことだしいいんだけど。……なんか、深刻な悩みだったりする？」

ぶんぶんと首を横に振る。

せっかく一時的にあのマンションから解放されたのに、なに相楽さんのことを考えてるんだろう。

あの人は敵。三ヶ月後わたしを地獄に送り込む張本人。

学校にいるときくらい、いいかげん暗い現実からは離れたい。

相楽さんのことは考えないようにしよう。

——そう決めたのに。

英語の時間に和訳を発表するときには、電子辞書をわざわざアパートに取りに行かせてくれたことを思い出したり。

お昼休みに三年生の集団とすれ違ったときには、「真ん中の人、相楽さんの後ろ姿に似てるな……」って、つい目で追っちゃったり。

振り返れば、結局一日中考えていた気がする。


「おかえり。学校楽しかった？」

放課後。

お迎えの車に乗り込むと、身内が学校から帰ってきたときのまさに定型文なセリフを棒読みで投げられた。

まるでプログラムされたコンピュータみたい。〝仕事〟をしてるなあって感じがする。

そんなとき、フロントミラーの中で目が合って不覚にもドキッとした。

「楽しかったです……」

目を逸らしながらぼそぼそと答える。

一日中あなたのことが頭から離れませんでした。おかげで授業が身になりませんでした……。

心の中で文句を並べて、冷静を装った。

だいたい、車っていう密室にふたりきりだと、夜のことを思い出してしまうから困る。

体に触れられて、あんな風に乱れる姿を見られて。

思い出したら顔から火が出そう。相楽さんのこともまともに見られない。

好きな人が相手だったらまだしも、知り合って間もない男性……。

しかも、裏オークションとか開催してるヤバい会社で働いてる人なのに。

わたしの体……ヘンなのかな……。

学校から相楽さんのマンションまで、車で二十五分。

車はマンションの駐車場ではなく、エントランス前で停まった。カードキーを渡され、ひとりで部屋に入るように言われる。

「相楽さんは帰らないんですか？」

「俺はまだ仕事があるからね」

「あ……そうですよね。お忙しいのに送ってくださってありがとうございました」

わたしが車を降りると、あっさり走り去っていった。

逃げるとか思わないのかな……。

そりゃあ、万が一ヘンな動きを見せたらすぐにバレるわけだから、逃亡のしようがないけど。

関心を持たれないことを喜ぶべきなのに、なぜかため息が出てくる。

なんか今日はすごく疲れた。帰ったらすぐにお風呂を沸かそう。

今日も訓練があるのかな。ないわけないよね。

早く終わって、ゆっくり眠れますように……。

部屋に帰り着いたのはちょうど十七時。

真っ先にお風呂に向かってスイッチをオンにする。

相楽さんが帰る前に入ってしまえば、一昨日みたいにお風呂で訓練、なんてことにはならないはず。

頭も体も一通り洗い終えて、ゆっくりと湯船に浸かった。

ちゃぷん、ちゃぷん……。

肩にお湯をかけていると、またしても思い出してくる。

──『はは、相変わらずここよっわ』

──『撫でてるだけなのに……冬亜感じすぎ』

耳元で囁かれたセリフが頭の中をいったりきたり。

実際に触れられてるわけでもないのに、その部分がじんわりと熱を持つ。

もう、やだ……。わたし、本当にみっともない。

相楽さんといると、どんどんおかしくなっていく。自分が自分じゃないみたい。

目の奥が熱くなって、ぽろぽろと涙が溢れてきた。

こんな自分やだ。

嫌い、嫌い、嫌い………──。

お風呂からあがっても、夜ご飯を食べ終えても、相楽さんは帰ってこなかった。

わたしは先に歯磨きを済ませて、テーブルに課題を広げる。

今日は数学。今やってる単元の問一から問五までを解けばいいだけだから、すぐ終わりそう。

……と、思っていたけど、なかなかに手強かった。

教科書に書いてある説明だけじゃ、さっぱりわからない。

今日の授業の復習だから、ノートに詳しく書いてるはず……と思って開いてみたけど、途中で式が途切れている。

そういえば、頑張って理解しようと黒板とにらめっこをしているうちに、板書のスペースなくなって先生が消しちゃったんだった。

こんなことなら、レオくんに写させてもらえばよかった……。

後悔に苛《さいな》まれながら机に突っ伏すと、だんだん眠気が襲ってきた。

うとうと、うとうと。

部屋の時計は、午後八時半を指している。

まだ時間あるし、十五分くらい仮眠を取ってから考えよう……。

すぐそばにあるソファまで歩いて、ぐたっと横になる。

目を閉じると間もなくして意識が落ちた。


「──冬亜」

体がゆさゆさ、揺すられている気がする。誰かの声も聞こえる。

わたしのことを呼んでるの……？

でも、まだ眠くて眠くて。

もうちょっと寝かせてほしいなあ……。なんか最近、色々考えることが多すぎて、疲れちゃうんだよね……。

「……冬亜、起きな」

ゆさゆさ、ゆさゆさ。

あ……この感じ、思い出した。

レオくんだ。

休み時間に机で居眠りしていたら、いつもレオくんがこうやって起こしてくれるんだ。もうすぐ授業始まるよって。

これ以上レオくんに迷惑をかけるわけにはいかないし、先生に怒られるわけにもいかないし。

仕方がないから、ゆっくりとまぶたを持ち上げる。

「……ん……」

「やっと起きた。ここで寝たら風邪引くよ」

「うぅ、ごめんなさい……。あ、そうだレオくん、……数学、写させてぇ……」

「…………」

あれ、返事がない……？

まだ視界がぼやけたまま。とりあえず瞬きをしようとするも、またすぐに瞼が落ちていく。

そしたら、またゆさゆさされる。しっかりしろ、っていうみたいに。

そうだよ、課題やんなきゃいけないんだよ、わたしは。

離れていく意識をどうにか手繰《たぐ》り寄せた。

「今日の単元ね、ノート写すの間に合わなかったの……だからレオくん」

「嫌だ」

「えぇ……そんな、おねがい、なんでもいうこときくから……」

「……へぇ。じゃあ課題なんかやめてベッド行こ、冬亜」

おかしいな、レオくんはそんなこと言わないはずなんだけど……。

あれ？　そもそも、レオくんの声ってこんなに低かったっけ……？

何度か瞬きをすると、ぼやぼやしていた景色が次第にクリアになっていく。

微かに……煙草の匂い。

次の瞬間、はっきりと相手の輪郭を捉えた。

「……っ！　っっ相楽さん……？」

カッ！と意識が覚醒する。

それまでまるで存在感のなかった鼓動がドクドクッと耳元で響いた。

「あ……う、あぁ……帰られてたんですね、おおお疲れ様です、っ」

仰け反る勢いで移動したソファの隅で、これに至るまでの記憶を爆速で巻き戻す。

マンションに着いてお風呂に入ってご飯を食べて歯磨きをして課題を広げて……。

そしたら全然わからなくて、ノートの数式も途中で止まって途方に暮れてたら、うとうとしてきて……。

そのまま寝ちゃった。

バッと時計を見あげる。

──十一時⁉

意識が落ちる前に確認したときは、八時半だったはず。

三時間近く眠ってたの……っ？

ソファで自堕落《じだらく》な寝姿を晒した挙句、寝ぼけて『数学写させて』とか言っちゃった……‼

相楽さんも、いつになくちょっと不機嫌そう。

別にわたしのこと睨んでるとかじゃないけど、どことなく不穏なオーラが出てる……。

「すみません……勝手にソファで、眠ってしまって」

「何しようが自由だけど、寝るときはベッド使いな」

「はい……。課題を終わらせたら、すぐに移動します」

「課題は明日レオって男に写させてもらえばいいだろ」

相楽さんはそう言うと、わたしの教科書とノートをパタンと閉じてスクールバッグの中に投げやった。

ああ……なんて横暴な。

文句のひとつでも言いたくなるけど、呑気にすやすや眠っていたわたしにはその資格がない。

俯いていると手を取られて、連れて行かれたのはベッド。

……あ、そっか。訓練、しなきゃだもんね……。

相楽さんは、わたしが眠っているうちにお風呂を済ませたらしい。まだ髪先が少し濡れてる。

今日は……どんな訓練をさせられるんだろう……。

ハラハラしながらベッドの縁に腰を下ろした瞬間。

「ん、ぅ」

——唇が重なった。

……え？

なんの説明もなしにことが始まってびっくりする。

昨日はわたしからキスができたら終わりっていう条件だったけど、今日は何をするんだろう……？

尋ねようとしたけど、何度も降ってくるキスにそれどころじゃなくなった。

「ん……、ん……うぅ」

まるで麻薬が注ぎ込まれているみたいな。

じわじわと甘いのが侵食して、ぐったりと力が入らなくなる。

すると必然的に相楽さんに体を預けるしかなくなって、隙間がないくらいぴったりと体がくっついた。

甘いキスは、〝仕事〟だってことを忘れさせる。

これはとても由々《ゆゆ》しき問題。

体温に触れていると、まるで最初から恋人だったみたいな錯覚が起きるんだ。

理性が溶けて、誘われるままに落ちていく。

もう戻れなくなるくらい、深いところまで――。

「冬亜、自分から絡めて」

「昨日も教えたけど……下手くそだからもういっかい」

「え……、っん」

意地悪な相楽さんは、焦らすように一度唇を離して。

わたしは、考えるより先に従ってしまう。

「ん、ぁ……っ」

「そう、じょーず」

操られるように重ねて、おそるおそる熱を絡めれば、刺激はしだいに甘い疼《うず》きに変わっていく。

ゆっくりと体重をかけられて、ベッドの上に組み敷かれた。その体勢のまま、またキスが落ちてくる。

すっかり毒の回った体は、意識しなくてもすっかり〝相楽さんに従順〟になってしまった。

パジャマのすそから入りこんできた指先に、肌を軽く弄ばれただけで、びく、と反応する。

くすぐったい――もどかしい。

そうされながら、今度は鎖骨にキスが落とされる。

新しい感覚に、びくっと身をよじった。

指とは全然違う……。

鎖骨から順番に下のほうに向かって施されていく。

いつの間にか胸元が空気に晒されていた。

「さがらさん、っ、待って……やぁっ」

ストップの声を聞いてくれないと困る。でも、この状態で放置されるのはもっと困る。

相楽さんが触れるところ全部気持ちよくて、もっと欲しくなって……。

「待って」と口では言いながらも、本当は求めていることに気づいてる。

唇と指先で同時に触れられると、もう何も考えられなくなるくらい甘い感覚が広がって。

このまま……流されてしまえば楽なのに。

そんなわたしを、どこか遠くから、もうひとりの自分が冷たい目で見つめていた。

みっともない。見苦しい。はしたない。

ただの道具なのに。商品なのに。

男の人の手で、こんなに簡単に落とされて。

勘違いしてない?

あなたは――〝愛されてるわけじゃないんだよ〟

そして、こんなあなたが誰かに――〝愛されるわけがないんだよ〟。

「っ、……、ぅ」

こみ上げてきた涙が声を詰まらせる。薄く膜を張った状態で、まだかろうじて落っこちてない状態。

でも、わたしを見下ろす相楽さんにはすぐにバレてしまう。

止めなきゃって思えば思うほど溢れてきて、どうしようもない。

さっきまでされるがままだったのに、急に泣き始めるなんて、情緒不安定な女だって思われたに違いない。

「急に、どうしたの」

相楽さんも大変だ。商品のメンタルケアのために、心配するフリをしなくちゃいけないんだから。

「いっかい体起こしな。その体勢で泣いてたらきついでしょ」

涙を拭ってくれる指先に、優しさを感じちゃだめなのに……。

抱き寄せてくれるのが嬉しいなんて思っちゃだめなのに……。

「どうして泣いてんのか、言える？」

包み込むような温かい声に、一段と涙が滲んだ。

この人に教える義理はないのに。

ゆっくりと背中をさすられると、喉奥につかえていたものが徐々に溶けていく。

息をするのが、ちょっとだけ楽になった……。

「最初に、オークションに出されるって聞いたとき、お母さんのためだから大丈夫、頑張れるって思ったんです。相楽さんに頑張りますって言ったのも嘘じゃないです。ちゃんと頑張ろうって本気で思いました」

あーあ。なに打ち明けてるんだろう。

次から次へと勝手に口をついて出ていってしまう。

文脈もぐちゃぐちゃで、自分が今から何を言いだすのか、自分でもわからなかったりする。

「オークションに出されたあとは、好きでもない人に体を差し出さなきゃいけないって聞いて、お金のためなら受け入れなきゃなって……。ちょっとくらい痛かったり苦しかったりしても我慢すればいいだけだし」

「…………」

「商品は商品らしく感情を捨てようって思って、相楽さんに教えてもらうときも、わたしは商品だから、って言い聞かせて……」

相楽さんは一度だけ、静かに「うん」と相槌を打った。

「でも、相楽さんに触れられると、なんか、そういう冷めた感情じゃいられなくなって……体が反応しちゃう自分が、み、みっともなく思えて……」

そこまで話すと、再び涙が滲んできた。

「相楽さんは仕事としてわたしに教えてるわけだから、愛されてるわけじゃないのに。気持ちいいこと教えられたらもっと欲しいって思っちゃって、お互いに好きじゃないのにこんなことして、いっぱい感じちゃって、っ、商品だからそれでいいはずなのに、気持ちよくなるたびに商品だって自覚して悲しくなって、もう、ぐちゃぐちゃで……」

嗚咽《おえつ》がこみ上げる。

ぜんぜんまとまりがなくて、自分でも最後まで何を言ってるのかわからなかった。

わからないけど本心だった。

心の暗いところにあった気持ちたちが全部、言葉になって出ていった。

「っ、もうやだよぉ……っ、自分のことどんどん嫌いになっちゃう……」

全部出し切った瞬間、小さな子供みたいに声をあげて泣いてしまう。

小一時間はそうしていたと思う。

疲れ果てて涙が枯れるまで、相楽さんはずっと背中をさすってくれていた。

……とんでもなく迷惑を掛けてしまった。

ようやく頭が冷えてくると、自分の今したことに対して火がついたみたいに恥ずかしくなってくる。

十六にもなって、人様の前であれだけ取り乱して……。

穴があったら入りたい。叶うならこのまま消えちゃいたい。

とりあえず、いい加減相楽さんから離れないと……。

そう思ったとき、すぐ近くでスマホのバイブ音が鳴った。

「……相楽さん、鳴ってますよ」

「知ってるよ」

「……出なくていいんですか？　こんな時間にかかってくるなんて、急用かもしれませんよ……」

「仕事の呼び出しだよ。急に同僚が一人トんだから、その穴埋めで夜の十二時には事務所に戻れって言われてたんだよね」

そう言いながら、相楽さんが腕の力を緩めた。

朝出勤してさっき帰ってきたばっかりなのに、またすぐに仕事に戻らなきゃいけないの……？　さすがにブラック過ぎるんじゃ……。

そう思いながら、部屋の時計に視線を移して――直後、固まる。

「さ、相楽さんもう十二時過ぎてます……！」

「知ってるよ」

「ええっ！　す、すみません……わたしのせいですね、怒られますよね、ごめんなさい……！」

冷や汗が止まらないわたしをよそに、当の本人はのんびりとベッドから立ち上がった。

「俺は日頃の行いが良いからへーき。〝帰ったら商品が風呂でのぼせてたので介抱してました〟とかなんとか言えば処分は受けない」

「う……そう、ですか」

思えばわたしが目を覚ましたとき、相楽さんはスーツ姿だった。

お風呂あがりなのにヘンだなって思ったんだ。そのときに気づくべきだった。

あらかじめ相楽さんが仕事に行くって知ってたら、こんな風に泣かずに耐えたのになあ……。

わたしってつくづく——。

「人間は体の構造上、気持ちよくなれるようにできてんだよ。俺がそういう風になるように教え込んでるんだから、冬亜がみっともないわけじゃない」

とつぜん、思考を遮《さえぎ》るように声が落ちてくる。

もしかして、さっきわたしが泣いたから……？

ネクタイを締めながら相楽さんは続けた。

「冬亜が商品なのは間違いないけど、べつに俺は〝物〟を管理してるつもりはないからね」

「………」

「少なくともさっきは〝冬亜〟を抱こうとした」

気だるい声を最後に扉が閉まる。

微かな煙草の香りが、いつまでも部屋に残っていた。

立場逆転

――あれから数週間。

相楽さんとの関係は相変わらず。学校生活も相変わらず。

平穏な毎日を送っていた。

いや、オークションに向けてほぼ毎日体を仕込まれているんだから、平穏というには語弊があるかもしれないけど。

わたしの日常としてはそれが〝普通〟になってきた、今日この頃……。

相楽さんも相変わらず仕事に忙しくしている。

朝わたしを学校に送って仕事。

夕方わたしを迎えに行って、マンションに下ろしてからまた仕事。

夜の九時ごろいったん家に帰ってきて、お風呂に入って、それから体の訓練をして。

その後にまた仕事に出ていく日があることを、わたしは知っている。

夜中に相楽さんがベッドから出ていく気配を感じて目が覚めるんだ。

気を遣わせないように寝たふりをしてるけど、週に一、二回の頻度だったのが、
最近は三、四回に増えている。

相楽さんの超人っぷりは理解しているものの、さすがに心配。

「ご飯ちゃんと食べてますか？」と聞くと「食べてるよ」と返ってくる。

ちゃんと生きて動いてるから、まあ、栄養はどうにか足りてるんだろうな……。

でも、いまだに豚の角煮以外を口にしたところを見ていないので、栄養源は煙草説が密かに濃厚になってきた。

それはさておき、体の訓練。

振り返るのも恥ずかしいほど、毎晩毎晩、狂うくらいに相楽さんに乱されている。

そんな自分をみっともない、とは、もう思わなくなった。

――『冬亜が商品なのは間違いないけど、べつに俺は〝物〟を管理してるつもりはないからね』

いつもテキトウな物言いの相楽さんだけど、あの言葉だけは演技じゃないってわ

かった。

自分の管理する商品が訓練に後ろ向きになった場合、普通なら同情を交えながらなだめたり過剰に褒めたりして機嫌を取るはず。

大丈夫だよとか、そんな慰めの言葉じゃないのが相楽さんらしかったから、信じられたんだと思う。

お母さんに売られたことや、数ヶ月後の自分の未来。

暗い気持ちになることも多いけど、今はこの日常が、たしかに幸せだと思えた。

――変わったことといえば。

毎週土曜日のお昼に食事を届けてくれる料亭・鏑木の宅配員さんと仲良くなった。

と、いうのも。

料理の感想ついでに世間話をしているうちに、なんと同じ高校の先輩だということが発覚したのである。

三年三組の鏑木先輩。

宅配員さんもとい、料亭・鏑木のひとり息子、鏑木先輩は、料亭を継ぐために修業中の身らしい。

同じ高校だと知ったとき、相楽さんとの関係をなんて説明しようかと焦ったけど、勝手に妹だと認識されていたので、否定せずにそういうことにしておいた。

鏑木先輩曰く、相楽さんの務めている『五百原《いおはら》商会には、昔から贔屓《ひいき》にしてもらっている』らしい。

明るい物言いだったから、裏の内情までは、どうやら知らないみたい。

そういえば、土曜日のお昼だけ対面で受け取っていることを、相楽さんにまだ言えてない。

土曜のお昼は大体仕事でいないから、タイミングを逃しちゃうんだよね……。

「ごちそうさまでした」

今日もひとり、ダイニングテーブルの上で手を合わせる。

時刻は夜の九時半を回ったところ。考えごとをしていたせいか、食べ終わるのに少し時間がかかってしまった。

相楽さん、もうすぐ帰ってくる頃かなあ……。

だけど、それから一時間経っても二時間経っても、玄関のドアが開くことはなく。

課題を片付けながら、だんだんと不安になってきた。

夜の十二時を過ぎて、とりあえず布団に入ったはいいものの眠れない。

残業かな……。

放課後マンションに送ってくれたときは、特に何も言ってなかったけど……。

夜の九時を過ぎることはざらにあったけど、この時間まで一度も帰ってこないのは初めてだった。

電話もないし、今どうしているのか知る術がない。

幸い、明日は土曜日だから眠れなくても問題はないんだけど……。

大丈夫。アパートにいた頃は、ひとりで眠ることのほうが多かったんだし。

そう言い聞かせて、ぎゅっと目を閉じる。

ベッドの上で丸くなっていたら、徐々に眠気がやってきた。

——そんなときだった。

静かすぎる部屋に、ピンポーン……とインターホンの音が響いたのは。

すうっと背筋が冷える。

こんな真夜中にインターホンが鳴ることとある？

相楽さんが自分で鳴らすことはない。

空耳？　不審者？　ユーレイ？

泣きそうになりながらタオルケットを頭まで被ると、もう一度音が鳴った。

空耳の線は消えちゃった……。

すると今度は、扉をドンドンドン！と叩く音。

いよいよ涙が出てくる。

タオルケットを被ったままそろりとベッドを下りて、震える手でインターホンの「応答」をタップした。

『相楽の会社のもんだ。開けてくれ』

その声に、急いでモニターをオンにする。

「……っ」

そこには見知らぬ男性と、その人の背中にぐったりと担がれている相楽さんが映っていた。

急いで玄関に走りロックを解除すると、彼は無言で中にあがり込んできて。

「寝室は」と聞くので、おそるおそる案内する。

四十代くらいに見えるその人は、ベッドに向かって乱暴に相楽さんを投げた。

そしてすぐに部屋を出ていこうとするので、思わず追いかける。

「あのっ、相楽さんはどうしたんですか……っ？」

ぎろっと睨まれるけど、怯んじゃいられない。

「教えてください、お願いします……！」

「事務所でぶっ倒れやがったんだよ。過労だと」

「過労……」

「点滴打ったあと眠剤飲ませて、今は強制的に眠らせてる」

「そう、ですか……」

点滴を打ったなら、もう大丈夫なのかな……？

でも、事務所で倒れるほど働き詰めだったなんて、一晩眠ったくらいで回復できるとは思えないし。

生活習慣を見直さない限り、今後もまた倒れちゃう可能性だってあるし……。

「なに青くなってんだよ。まさか、相楽の心配してんのか？」

「っ、まさかって……。一緒に住んでる人の心配をするのは普通じゃないですか？」

「おいおい勘弁してくれよ。お前さんは相楽の手でオークションに出される身なんだぜ？」

「そ、う、だけど……それとこれとは関係ないです……」

相手は心底呆れたようにため息をついた。

「忠告だけしといてやる。あいつのこと好きになるなよ、絶対に無理だからな」

はっと胸を突かれたような衝撃が走る。

違う、好きとかじゃない……。ただ、心配なだけで……。

すると、相手は何を思ったのかふと足を止めた。

「ウチが借金にまみれた女どもをどうして夜《あっち》の世界に流すんじゃなく、オークションに出すのかわかるか？」

「……、え？」

予想外の質問に首を傾げる。

「外部に足がつかないようにするためだ。万が一店が告発されて、その女の身元を調べられれば捜査の目がウチにも向く危険が出てくるからな」

そっか。

たしかに自社が主催するオークションなら、その可能性はなくなる……。

「それほどウチは徹底してんだよ。だから、オークション商品の管理は、信頼のある人間にしか任せない」

「……その一人が、相楽さんってことですか？」

「ああ。そして俺が判断するに相楽はその中でも一番優秀だ。なんたってあいつは恐ろしいぐらい人間に関心がねぇからな」

「……関心がないって、どういう……」

「普通の人間なら、〝仕事〟っていう名目をいいことに、私利私欲でその女を使い始める。相楽にはそれが一切ない」

ドク、と心臓が静かに脈を打った。

言われてみれば、訓練としてあれしろこれしろと指示されることはあるけど。

相楽さん自身の〝欲〟をぶつけられたことはない……かもしれない。

現に、最後まで、は、まだしたことがないし……。

「ちなみに、相楽が今まで担当してきた女は、みんなお前さんより遥かに色っぽくて美人だったよ」

これでわかったろ、と付け加えて、その人は去っていった。

わたしはしばらくのあいだ、その場から動けずにいた。

「今日の訓練中止になってよかったじゃん。このまま俺が元気にならなければいいね」

寝室に戻ると、眠っていたはずの相楽さんが上半身を起こした状態でベッドにいた。

「えっ？ あれ、いつ起きた……の？」

「最初からぼんやり起きてたよ。眠剤ごときに眠らされるとかサイアクだし」

「いや、過労で倒れたんだからちゃんと寝てください……っ」

「スーツ着たままじゃ寝たくても寝れないんだよね……。あ、そうだ、冬亜が着替え持ってきてよ」

「っ、わかりました！」

急いで洗面台の方へ走る。

洗面台の後ろ棚に置かれている相楽さんのルームウェアを持って戻ったけど、相楽さんは受け取らずに。

「冬亜が着替えさせて」

「っ、え」

「男の服を脱がすのはまだ教えてなかったし、ちょうどいいでしょ」

「わ、わかりました」

相手は病人。言われなくても、もともといろいろ手伝おうと思っていた。

まずはネクタイ。結び目に指をかけて、下方向に引っ張る。

相楽さん、雰囲気はゆるゆるなのに、スーツはきっちり着るタイプみたい。

ボタンは一番上まで留まっていた。

「じゃあボタン……外していきますね」

「うん」

ひとつめ、ふたつめ、みっつめ……。

本当に全部わたしに任せるつもりらしく、相楽さんは微動だにしない。

いや、それほど体がきついんだろうな。

「ボタン全部外したので、シャツ引っ張りますね。まずは左からいきますよ、腕、少し上げられますか？」

「冬亜」

「はい」

「……看護師さんみたいだね」

ふいに目を細められ、ドキッとした。

「ど、うも、ありがとうございます……？」

「はは、すーぐ赤くなる」

「うぅ、からかわないでください」

「毎日お世話してほしいなあ」

「もっ、集中できないので黙っててください……！」

からかってくるのはいつものことだけど、なんか今日は微妙に様子が違う気がする。

倒れたんだから、おそらく熱もあるんだろうな……。

シャツを脱がしたあとにパジャマの袖を通して。

ズボンは……指に力が入らないと言うので仕方なく、ベルトまでは外してあげた。

「もう朝の三時なんですからすぐに寝なきゃだめですよ」

「うん」

「言ったそばからスマホをいじらないでください」

「仕事のメール一応確認してるだけ」

感心を通り越してもはや呆れる。この人、正真正銘の社畜だ。

弱ってるときにも仕事のこと考えて、このままじゃ体壊れていく一方だよ……。

自分のことじゃないのに、少し泣きそうになってしまう。

「メールの確認なんてしないでいいからっ、とにかく早く眠って……！」

ベッドに乗り上げて、相楽さんのスマホを奪う。

すると勢いあまって、体がバランスを崩した。

「わ！　ひゃあ……っ」

重力に逆らえるはずもなく、相楽さんの体に折り重なるようにして倒れ込む。

「自分から押し倒してくるなんて、いつの間にそんなに優秀になったの」

「っ、ちが、ごめんなさいぃ」

慌てて体勢を整えようとするも腰を引き寄せられ、またもや相楽さんの腕の中。

そのままぎゅっと抱きしめられるので、危うく心臓が止まりかけた。

「あの、さがらさん、」

「黙れよ眠れないから」

こんな密着してたら、ドキドキしてわたしのほうが眠れないよ……。

でも、もしこれで本当に相楽さんがぐっすり眠れるなら、このまま我慢する。

心臓の音が聞こえませんようにと願いながら目を閉じた。


「冬亜」

羊を数え始めて百六十九匹目、ようやくうとうとしてきたときに名前を呼ばれて。

豪速トップギアで意識が現実に引き戻された。

黙れって言ったくせに自分から話しかけてくるの、相変わらず横暴だ。

「なんで……しょうか」

「さっき、わざわざ起こして悪かったね」

「え？」

「夜中に急にインターホン鳴って怖かったでしょ」

「……うん、ものすごく怖かったけど、あのときまだ起きてたし、起こされたわけじゃない、です」

「夜更かしは感心しないな」

「っ、相楽さんが帰ってこないからですよ……。心配で寝れなくて、ずっと」

「はは、そう」

もう、なにが「はは、そう」なの。そこは普通「ごめんね」じゃないの？

「もう無理しないでください」

返事はなかった。

代わりに、再度強く抱きしめられる。

物理的な苦しさも加わって、ますます眠れない気がしてくる。

でも相手は病人なので、文句は言わないでおいてあげた。

完敗

午前九時に目が覚めると相楽さんがもう起きていた。

「まさか、今日も仕事だとは言わないですよね？」

「うん。今週のぶんは昨日片してきたから」

「そうですか、よかったです……。何も予定がないなら、まだベッドに横になってたほうがいいと思いますよ」

「そうだね」

そうだねと言いながらも、会話が終わるとライターと煙草を手にベランダに出ていってしまう。

わたしより先に起きてたけど、見るからに寝起きって感じだし、絶対朝ごはん食べてない。

ベランダで今日も気だるい息を吐き出す相楽さんを横目に、わたしは玄関先へ向かった。

いつも通り、朝の食事が宅配ボックスに入っていた。

ダイニングに移動して、手を合わせる。

今日も彩り満点、バランス満点、栄養満点。

これって今はわたしじゃなく……相楽さんが食べるべきなのでは？

「相楽さん、相楽さん」

ベランダの窓越しに声を掛けると、面倒くさそうに煙草を灰皿に押し付けながら出てきてくれた。

「朝ご飯まだですよね」

「そうだね」

「わたしのご飯食べてください」

「はあ？」

「過労で倒れて、点滴までして……。栄養取らないとまた同じ目に遭いますよ」

「べつにいいよ」

そう言いながら、またスマホを取り出そうとする。

「わたしが困るんですよ！　もし相楽さんがこのまま再起不能になって担当の人が変わったら……嫌、だし」

「再起不能はウケる」

「勝手にウケないでください……」

だめだ、どうやっても軽く流されてしまう。

慌てて次の手を考える。

今のは口から出まかせだったけど……もし本当に相楽さんがいなくなって、担当の人が変わるようなことがあったら……。

想像すると、背筋がぞっとした。

えっ、本気で嫌だし無理かも……。

「相楽さん！」

「わかったよ。カップ麺あけるから」

「カップ麺じゃだめです！」

「わかったわかった。今からコンビニで買ってきてちゃんと食べるよ」

「え、でも……弱ってるのに出歩いていいのかな……」

「あのな、そこまでひ弱じゃねーのよ」

ぴしゃりと言い放たれて口をつぐむ。

……まあ、ひとまずはこれでいっか。コンビニ産でも、とりあえず胃に入れば栄養にはなるよね。

「じゃあ、今すぐコンビニに行ってきてください」

「行くよ。冬亜が朝ごはん完食したのを見届けたらね」

「…………」

わたしが自分のご飯を相楽さんに食べさせられないように、だ。

予防線を張られた。相変わらず策士でとても悔しい。

仕方がないので、ダイニングに戻って食事を再開することにした。


「——で、わざわざコンビニに行って買ってきたのがおにぎりって……！　しかもおかか……！」

相楽さんが袋からそれを取り出した瞬間、わたしは膝から崩れ落ちそうになった。

これなら、カップ麺のほうがまだよさげ。

「も、もしかしてわざと？　ふざけてますか……？」

あれだけ説得して食事をとってくれる気になったと思ったら、その結果がこれって。もはや新手のいじめなんじゃないかって気がしてくる。

「なにがだめなわけ。せっかく食べてやろうとしてんのに」

「おにぎりじゃ栄養はとれないですよ、ほぼ炭水化物じゃないですかあ……」

「じゃあなんならいいの」

「お肉と野菜がたっぷり入ったお弁当とか……。おにぎりにしても、カルビとか照り焼きチキン入りのだったら、ちょっとはタンパク質もとれるのに」

「そうだね。ていうか、冬亜甘いの好き？」

「へ……？」

さては話を逸らして逃げようとしてるんだな？

そう思った矢先、テーブルの上に、こと、と何かが置かれた。

「え？　これ……プリン？」

「昨日着替えさせてくれたお礼」

それだけ言うと、ポケットから煙草を取り出してベランダへ。

離れていく背中とプリンを交互に見つめる。

このプリン、普通のプリンじゃなくて、コンビニの中でもお値段がドンと張る高いのだ。

窯《かま》出しのとろーりカスタードプリン。たしかひとつ三百円ちょっとしたはず。

アパートに住んでた頃、よくコンビニのスイーツコーナーをただひたすら見て回っていたから覚えてる。

いまだかつて口にしたことのないそれを、ごくりと息を呑んで見つめた。

自分のごはんは百円で済ませるくせに、わたしには約三倍値の高級プリン……。

「これじゃあ怒れないじゃん、ずるいんだってば……」

もったいないので、すぐには食べずにいったん冷蔵庫へ持っていく。

三時のおやつにしようかな。

そう思いながら冷蔵庫の扉を閉めると、自分の口元がだらしなく緩んでいることに気づいた。

――ピンポーン……。

午前十一時半。インターホンが鳴った瞬間、ハッとする。

そういえば今日は土曜日だった……！

相楽さんがのそのそ廊下に出ていこうとするから、慌てて引き止める。

「あっ、わたし出ます……！」

「は？」

「料亭・鏑木の宅配員さんなんです。えっと……土曜日のお昼だけは、対面で受け取るようにしてて」

「…………」

「く、詳しくはあとで説明します！」

玄関を開けた先には、もう見慣れた顔。

「鏑木先輩、お疲れ様です。今日もありがとうございます！」

「あはは、そんなに急いで出てこなくてもよかったのに」

「いえ、お待たせするわけにはいかないので……」

「ところで、話し声が聞こえたけど、今日はお兄さん休みなの？　珍しいね」

〝お兄さん〟にはいつものことながら違和感を覚えるけど、態度に出すわけにははいかない。

「そうなんです。いつもは仕事なんですけど、ちょっと今、過労で体調を崩してしまっていて……」

「えっ、そうなんだ。心配だね……。疲労回復には、タンパク質はもちろんだけどクエン酸を取るのがいいよ」

「なるほど、タンパク質とクエン酸……」

「ちょうど今持ってきた料理に、タンパク質豊富な鶏肉も、クエン豊富なグレープフルーツも入ってるんだ。よかったら参考までに」

「そうなんですね。ありがとございます、助かります！」

こんなに親切に教えてくれるなんて、さすが昔から続く料亭の息子さんなだけある。

「冬亜ちゃんて本当にお兄さんのことが好きなんだね」

にこっと笑いかけられて、固まってしまう。

「っあ……、断じて好きとかじゃないですっ、ただほんのちょっと心配なだけで」

「ははっ、ツンデレさんだ」

「……っ」

首から上が、かあっと熱を持つ。

同時に、昨晩相楽さんの同僚を名乗る人に言われた言葉が頭をよぎった。

──『忠告だけしといてやる。あいつのこと好きになるなよ、絶対に無理だからな』

違うよ……みんな揃ってなんなの？

好きじゃないもん……。

「あ、そういえば鏑木先輩。この前の全校集会のとき──」

無理やり話を逸らす。

思いのほか盛り上がって、十五分くらい立ち話をしてしまった。

鏑木先輩を見送ったあと、一度、長く息を吐いた。

さてと。

お昼ご飯こそはしっかり食べてもらうぞ。食べてくれるんだったらカップ麺でもまあヨシ。

でも、わたしのお昼に疲労回復に効くタンパク質とクエン酸がいっぱい含まれていると聞けば、なんとしてでもこっちを食べてほしい。

豚の角煮を食べてくれた前例があるし、食い下がればいけそうな気がする。

お昼ご飯を交換するっていうのはどうだろ。

例えば……〝わたしは今日はカップ麺を食べたいので、このお膳と交換してください〟とか。

我ながらいいアイディアかも……！

実際、最近ジャンクなものを食べてなかったし、想像したら無性にカップ麺が食べたくなってきた。

さっそく実行しよう！

というわけで、食事をいったんダイニングのテーブルに置いてから、相楽さんのいる書斎へ向かおうとしたら、書斎に着く前に相楽さんと鉢合わせた。

「相楽さんちょうどよかった、今呼びに行こうとしてて……」

「食事受け取るのに何分かかってんの」

「え？　あ……」

そういえば、あとで詳しく話す約束をしていたんだった。

『よかったら今後も料理の感想を聞かせてほしい』と言われて、以降、土曜のお昼だけは対面で受け取っていたことと、その宅配員さんが同じ高校の先輩だということを一から説明した。

「毎週話してるうちにだんだん仲良くなったんですよ」

「へえ」

「鏑木先輩、食材についてもすっごい詳しくて。さっきも、疲労回復にはクエン酸が効くって——んっ」

……突然、相楽さんの唇によって会話が遮られた。

「え、なに……やぅ」

キスをしながらぐいぐいと壁に押しやられる。

訓練でもう何回もキスをしてきたから、戸惑いつつも受け入れるけど。

「ん……んぅ……っ」

いつにも増して、激しい、ような……っ。

栄養たっぷりのご飯を食べてもらうためにやってきたのに、甘い熱が体を侵すから、早くも意思を手放してしまいそう。

訓練のときはいつも基本的にベッド。

時間がないときはソファを使うこともあったけど、いきなり廊下で……というのは初めてだ。

触れた部分から濡れた感触が伝わって、びりっと刺激が走る。

やっぱりいつもと違う……。

熱い……。

そう。伝わってくる体温が尋常じゃないほどに——。

「っ、相楽さん待って、だめ、ストップ！」

唇と唇のあいだに手をするりと滑り込ませる。

相楽さんはイラッとしたようにその手を掴んで引き剥《は》がそうとした。

「だめって言ったらだめです！」

沈黙が生まれたのち、従うべき君主様に盾突《たてつ》いたという自分の失態に気づいて、ハッと青ざめる。

「す、すみません……、訓練なら相楽さんの体調が回復してから二倍でも三倍でも頑張るので……今だけはわたしのいうことを聞いてください」

相楽さんの手に自分の手を重ねてじっと見上げる。

すると思いのほかすぐに諦めた様子で。

わたしが手を引くと、素直にベッドまでついてきてくれた。

「ベッドに入ったまま待っててくださいね」

念を押して、わたしはスタコラとダイニングへ。

料亭・鏑木のお膳を持って寝室に戻ってきたわたしを見て、相楽さんはわかりやすく顔をしかめた。

「なんか嫌な予感するんだけど」

「相楽さんがこのまま栄養をとってくれなかったら、わたしは不安でストレスで眠れなくてクマもできて肌も荒れて、商品としての価値が落ちます」

「…………」

「現に、昨日は相楽さんの帰りを待っているあいだ不安すぎて心なしか胃が痛くて眠れませんでした」

これは説得するための言葉というよりも、わたしの本心だったりする。

相楽さんは敵……かもしれないけど、勝手に心配になってしまうものはしょうがない。

相楽さんのとの生活は、わたしにとって少なからず幸福だと思える。

オークションまで三ヶ月間、わたしを管理するのは相楽さんだけであってほしい。

他の誰かじゃ絶対にいや。

まんまと絆されて、ちょろい女だって笑われるだろうけど……。

それでもいいって思えるくらい、いつの間にか大切な存在になっていた。

「あと、シンプルにわたしはカップ麺が食べたいです。ここのところ豪華な料理ばっかりだったせいか、ジャンクなものを舌が求めてます」

そこまで言い切ると、相楽さんは諦めたように小さく笑った。

「完敗。たまにはワガママ聞いてあげるよ」

よかった、受け取ってもらえた……！

ホッと胸をなでおろす。

相楽さんが食べるのを少しのあいだ見守ってから、わたしは再びダイニングに向かった。

棚からカップ麺を頂戴して、ケトルに水を入れてスイッチオン。

沸騰の音楽が鳴ったらお湯を注いで、さっそくいい香り。

カップ麺のフタを押さえながら、こぼさないようにゆっくり寝室へ足を運んだ。

「わたしもここで食べていいですか……？　あっ、念のため窓開けて換気します！」

返事を待たずに、カップ麺をベッドのサイドテーブルに置いた。

窓を十センチくらい開けると、心地いい風が流れ込んできた。

「わあ、気持ちいい……っ、いいお天気ですね」

「そうだね」

胸いっぱいに空気を吸い込んで、それからいそいそとベッドの隣に腰をおろす。

計ってないけど、ちょうど三分くらい経ったはず。

手を合わせて、いただきますをした。

麺を啜りながら、ちらっと相楽さんを見る。

よかった。ちゃんと鶏肉も食べてくれてる……。

相楽さんが食事をとっている姿はとても新鮮。

すごく大きい単位のくくりだけど、ちゃんと同じ人間なんだなあって実感して、相楽さんの存在を少しだけ身近に感じられた。

「そういえば、初めてここに来た日も相楽さんがカップ麺作ってくれましたよね」

「カップ麺を〝作った〟とは言わないけどね」

「相楽さんがわざわざわたしのためにお湯を沸かして注いでくれたんだから、〝作ってくれた〟で合ってますよお……」

「はいはいそうだね」

いつものごとく棒読みのテキトウ相槌だけど、返事をくれるたびに、胸がくすぐられるような嬉しさがこみ上げてくる。

「そのニヤつきはなに」

「へへっ、前からずっと相楽さんと一緒にご飯食べたかったから、ようやく叶って嬉しいなあって」

「……自分を軟禁《なんきん》してる相手によくそんなこと言えるな」

「誰かと一緒に食べるご飯は美味しいんですよ。今日は相楽さんと一緒だから、このカップ麺こそが世界一の味ですっ」

ついつい持論を語ってしまって赤面する。きっと鼻で笑われるんだろうな……。

「うん。……それ、俺も今実証できた」

そんな言葉と同時。

ふいに柔らかい笑顔を向けられて。

──バクン！と心臓が壊れたような音を立てた。

バクバク、バクバクバク、収まる気配がない。

まだ噛んでる途中だった麺を、反動で全部飲み込んでしまった。

「うっ、ぐ、……！」

「おい、へーき？」

顔を寄せられれば、逃げるように椅子から立ち上がってしまう。

落ち着け、落ち着け……っ。

「だい、じょーぶです……」

深呼吸をしながら再び椅子に座ったものの、食べ終わるまで、激しい鼓動が止むことはなかった。

「相楽さん、今日は一日寝ててくださいね」

「冬亜が隣で寝てくれるならいいよ」

「う……ぅ、」

そんなこと言われたら、従うしかない。

窓とカーテンを閉めて。

昼間なのに暗い部屋でふたり、長い夢の中に落ちた。

安息

相楽さんは土曜と日曜、二日間ベッドで休んで。

それから月曜日の朝、何事もなかったかのようにスーツ姿で煙草を吸っていた。

もう一日くらい休んだほうがいいと言ったけど聞いてくれず、これまで通り、わたしを学校に送り届けると、そのまま仕事に向かってしまった。

昨日は、一緒にご飯を食べられことにただただ浮かれてたけど……。

慢性的な疲れが積み重なって倒れたんだから、生活習慣を見直さないとまた同じことの繰り返しになっちゃう……。

相楽さんは、いつも飄々《ひょうひょう》としてるから、見た目じゃ体調の良し悪しの判断がつかないのが問題。

毎日疲労困憊《こんぱい》だったのに、全然そんな素振りを見せずにわたしの送り迎えをしてくれたんだよね……。

そう思うと急に泣きたくなってくる。

送り迎えの都合がつかないときは他の人に頼むって言ってたのに、相楽さん以外の人が迎えに来たことは今まで一度もない。

人に頼らないのも相楽さんらしい。

でもそれだと、わたしの送迎が相楽さんの負担になってしまう。

片道約三十分だから、移動時間としてトータル二時間近く割いてもらっていることになる。

今まで当たり前のように送迎してもらっていた自分が恥ずかしい。

手っ取り早いのは、わたしがすぐにでも退学することだけど、それはさすがに本末転倒……。となると、一番いいのは、わたしが電車で通学すること。

相楽さんに送迎してもらうことを条件に学校に通わせてもらっているわけだから、難しいのは承知の上。

それでも言ってみないことには始まらない。

よし、帰ったらさっそく相談してみよう……！

――と、思っていたのに。

「あぁ、っ、そこ、触っちゃやだ……っ」

現在、夜の十時を回ったところ。

わたしは、そんな口をきく余裕もないほど乱されていた。

すっかり忘れてた。

金土日で訓練がなかったぶんの埋め合わせがきっちり行われること。

それ以前に、自分の口から『二倍でも三倍でも頑張ります……！』と宣言していたことを思い出して頭を抱える。

わたしのバカ！

今度からはもうちょっと考えてものを言うようにしよう……。

――なんて頭の中で反省する余裕すら奪っていくのが相楽さんだ。

「もう何回もやってるでしょ。いい加減慣れろって」

「も……っ、いやぁ」

「そういうときは、いやじゃなくてなんて言うんだったっけ、ちゃんと教えたでしょ」

「……ぅ」

あくまで優しい口調で注意されると、余計に恥ずかしさが募る。

視線をズラしながら、前に教えられたとおりの言葉を口にすれば、相楽さんは満足げに微笑んだ。

その笑顔にいちいち胸がぎゅうっとなるの、もうやめたい。

だいたいこの人、立ってるだけで色気がすごいんだもん。ベッドの上だともうカンストしちゃう。

あと、ちょっと意地悪になる。

優しい顔で意地悪なことを言うから、頭がぐちゃぐちゃになる。

「次は、――して」

顔から火が出るくらい恥ずかしくても、その優しい顔にまんまと手懐《てなず》けられて従っちゃう。

わたし、なんか大事なこと言おうと思ってたのに……なんだっけ。

もう考えられない。

相楽さんのこと以外、なにも考えられない……――。

「そういえば、冬亜の通学についてなんだけど」

――約三十分後。

明かりを落とした真っ暗な部屋で意識を手放しかけていたのを、相楽さんの声に引き止められた。

……通学。

そうだっ、わたし、これ以上相楽さんの時間を削らないために、電車通学にしてもらえないか尋ねようとしてたんだった……っ。

「急なハナシで悪いんだけど、冬亜、明日から電車で行ける?」

「……へ」

何もかも見透かしたタイミングにしばらくフリーズする。

「あれ……?　わたし、電車で行きたいですってもう相楽さんに伝えてましたっけ?」

「へえ。なあんだ、冬亜もそう思ってたんだ」

「は、え……？」

えっと、この言い方的に……。

「相楽さんもわたしを電車通学にさせたいって思ってたんですか？」

「いや。今日、上からのお達しがあったんだよ。また倒れられたら全体に支障が出て困るから、担当の――冬亜の送迎を他の人間に頼むように」

「っえ、別の人に……」

さっきまであれだけ熱かった体から、すうっと熱が引いていく。

「うん。だから、〝冬亜は絶対に逃げないように俺が躾《しつ》けてるので、明日からひとりで行かせます〟って言っといた」

「ええっ、それで上の人は了承してくれたんですか？」

「最初は少し渋られたけどね。言ったでしょ、俺は上からの信頼が厚いんだよ」

たしかに、前にもそんなことを言ってた気がする。

でも、そっか……よかった。これで相楽さんの大事な時間を削らなくて済む。

一緒にいられる時間が少し短くなるのは、少し寂しいけど……なんて気持ちは閉じ込めて、鍵を掛けておけばいい。

「電車のＩＣカードはウチで用意したから明日渡す」

「ありがとうございます」

「ちなみに、通学路を大幅に逸れたときはすぐにウチの輩《やから》が動くからね」

「う……はい。胸に刻んでおきます」

相楽さんの送り迎えがなくなったぶん、わたしがひとりでいるときの監視の目は厳しくなるんだろうな……。

「もし、わたしが通学時に逃亡したら、相楽さんはどうなるんですか？」

「首が飛ぶだけだよ」

あっけらかんとそう言い放たれる。

下手な動きをしないように気をつけないと……。

そう思ったと同時。ふと、あることに気がついた。

そういえばわたし、いつの間にか〝逃げたい〟って考えなくなってる。

あれだけ必死に逃亡の計画を練ろうとしてたのに……。

相楽さんとの生活に慣れきってしまったから？

絆されてしまったから？

思えば……お母さんのことを思い出す時間も極端に少なくなった。
記憶が新しいものに塗り替えられていく。
このまま、過去にできたら、いいのに……。
──『冬亜だけが頼りだよ～大好きっ』
思い出すと、やっぱりまだ胸が痛い──。

「冬亜ちゃん、最近よく電車で会うね。ここ一ヶ月くらい、全然一緒にならなかったのに」

レオくんにそう言われたのは、わたしが電車通学に戻ってから二週間ほど経ったときのことだった。

「そ、そうだね。この前まで、これより一本か二本早い電車に乗ってたから」

なるべく平静を保ちつつそう答える。

これまでは、相楽さんの仕事の時間の都合もあって、比較的早い時間に学校に着いていた。

男の人に車で送り迎えをしてもらっているなんて、レオくんにバレたらきっと問い詰められるから、わたしとしてもそっちのほうが都合がよくて助かっていた。

レオくんは部活があるから、帰りが一緒になることもなかったし……。

「ていうかさ、もうすぐ三者面談の日程組みが始まる頃だよねー」

改札を抜けながら、ふとレオくんがそんなことを言った。

三者面談……。そっか、もう七月になるもんね。

うちの学校では、学期末に三者面談があると入学時に聞かされていた。

夏休み前の二週間、お昼休みと放課後を使って行われるらしい。

「レオくんは伯父さんに来てもらうの？」

「いや、あいつなんかに絶対頼みたくない。先生も事情知ってるし、二者面談にしてもらえないか相談しようと思ってる」

「……そっか。わたしも、そうしようかな」

「冬亜ちゃんは無理だろ、一緒に住んでる母親がいる限りは」

「……でも、出ていっちゃったから……」

無意識に零れたことに気づき、ハッと青ざめた。

「や、今のは……っ」

「出てった？　マジかよあの母親！」

「ち、違うよ……なんていうかね、お母さんは──」

「娘を置いて出ていったんでしょ。冬亜ちゃんは壊滅的に嘘下手くそだからすぐわかるよ」

「……、……」

やってしまった、とうなだれる。

「てことは、冬亜ちゃんは今あのアパートでひとり暮らし？」

「……う」

うん、と頷きかけたけど。

もしレオくんがアパートを訪れたら嘘だとバレてしまう。

「今は親戚の人の家にお世話になってるの……。だから、ひとりじゃないよ」

これも嘘だけど……半分本当。

「そっか……。言ってくれたらよかったのに。おればっかり冬亜ちゃんに頼って不甲斐ないじゃん」

「っ、ごめん。でも、心配かけたくなくて、言えなかったんだ……」

「…………。あの母親ならいつかやると思ってた」

「…………」

レオくんが冷たい声を出すのは、いつもわたしを心配してくれているときだ。

「これで冬亜ちゃんもよくわかったでしょ。もうあの女のことは忘れなよ」

真剣な眼差しに囚われる。

「そう、だね」

小さくこぼした声は、誰の耳にも届くことなく消えていった。

その日の夕方のホームルームで、話していたそばから三者面談の日程のプリントが配られた。

「保護者の方にはアプリを通じて同じものをお送りしていますが、念のため皆さんの口からも確認をお願いしますね。日程変更の希望がある場合は――」

プリントに目を落とすと、わたしの予定日は二週間後の木曜日の放課後、一枠目だった。

お母さんにも、アプリでの連絡は届いてるはず。通知が来たところで、確認しないんだろうな……。

いや、でも、もしかしたら来てくれるかもしれない……。

本当は、日程が出たその日に二者面談でお願いできないか先生に頼もうと思っていたけど、わずかな希望を捨てきれずに、いったん保留にしておくことにした。

二週間後だったら、しばらくは変更の融通もきくよね。

そう思いながら帰り支度をしていると、「冬亜ちゃん」とレオくんから声がかかる。

「おれ、今日久しぶりに部活ないんだけど、よかったら一緒に映画観て帰ろうよ」

「映画？」

「ずっと誘おうと思ってたんだけど、部活でなかなか時間取れなくてさ……。あ、もちろんチケットはおれが払うよ。バイト代貯めてるから遠慮しないで」

「……」

映画館なんて、もう何年も行ってない。

行けるなら行きたい……けど……。

「ごめん、今日は、親戚の人にまっすぐ帰ってくるように言われてるから……」

「……そっか、わかった。じゃあまた都合つく日あったら教えて。夏休み入ってからでもいいし」

「……うん」

都合がつく日とか、この先一生ないと思う……。

なんて言えるわけもなく、へらっと笑って誤魔化した。

「じゃあ今日は一緒に帰——」

「レオくんレオくん、ちょっとこっち来てっ！　二組のミカちゃんが話したいことあるんだってー！」

勢いよく近づいてきたクラスの女の子が、なにか言いかけていたレオくんの肩をがしっと掴んだ。

レオくんはあれよあれよという間に女の子たちの群れに引っ張られていく。

まさにハイエナのごとし。

お気の毒に……。

わたしにはどうすることもできないので、さっさと荷物をまとめて教室を出た。

五時前だから、まだ電車は空いている。

ぼうっと電車の椅子に座って景色を眺めながら、お母さんのことを考えた。

——そんなときだった。

『──駅、──駅です。電車が完全に止まりましてから席をお立ちください……』

そこはまだわたしの降りる駅ではなかったのに、思わず立ち上がってしまった。

──ホームに、お母さんによく似た後ろ姿を見つけたから。

「……っ」

気づけば勢いよく飛び出していた。

髪型も背格好もよく似ている。着ているワンピースも、部屋のハンガーに掛かっていたものと同じだ。

隣には、男の人がいた。二人で腕を組んで歩いている。

わたしが追いかけたら邪魔になるって頭ではわかっていたけど。

ただでさえ行動に制限のかかっている身……。

これを逃したらもう二度と会えないかもしれないと思うと、止められなかった。

「お母さん……っ！」

ふたりが改札を抜けてしまう前に、と追いかける。

距離があと数メートルに縮まって、もう一度叫んだ。

「お母さん、待って……！」

その瞬間、一度足を止めた——ように見えたけど、すぐに歩きだしてしまった。

この距離で声をかけて、聞こえないわけがない。

冬亜だってわかってて無視してるんだ。

そんな……。

受け止めきれずに、思わず手を伸ばしてしまう。

「お母さん……っ」

強制的に向かい合うかたちに持ち込んだはずが、次の瞬間、相手の男の人がわたしの前に立ちはだかった。

「なんだね君は」

「あ……、ぁ……」

鋭く睨まれ、喉が凍《い》てついた。

「君の知り合いか？」

男の人がお母さんに向かってそう尋ねる。

「——ううん、全然知らない子」

「……っ……」

冷たい声。鬱陶しがるような瞳。

景色が一瞬……真っ暗になる。

わたしを振り払うお母さんの左手。その薬指で、綺麗なリングが輝くのを見た。

あれからわたしは、次の電車を待って、マンションの最寄りで降り、部屋に戻ってきた……らしい。

記憶がない。

気づけば、制服も脱がずにリビングの広いソファで丸くなっていた。

お母さんはあの人と結婚したんだ。

あの人と結婚するために、わたしを返済金代わりに差し出したんだ。タイミング的にもそうに違いない。

思えば、相楽さんに引き取られる前日。

とつぜん帰ってきたお母さんの様子がどことなくおかしいな、と思ったんだった。

あのときはまだ違和感の正体がわからなかったけど……。

――『彼氏のところにいるんじゃなかったの？』

――『あー……それが、別れちゃったんだよね〜』

あれは嘘だ。

お母さんは男の人と別れたとき、いつもわたしのせいにして暴れるか、お酒に溺れるかのどちらかだった。

本当に別れていたなら、『大好き』なんて言いながらわたしを抱きしめたりしない。

お母さんがあの日帰ってきたのは、結婚に不都合な〝娘〟という存在を清算するため。

わたしはもうあの人の娘じゃない……――〝赤の他人〟。

おかしいな。絶望的な真実を目の当たりしたのに、涙が出てこない。

悲しいという感覚がわからなくなってきた。悲しいってなんだっけ、どんな感覚だったっけ。

気の済むまで泣けば多少は心が楽になるはずなのに、それすら叶わない。

なんかもう、ぜんぶどうでもいい――。

目が覚めたとき、部屋はすっかり暗かった。

眠ってた、のかな。

ゆっくり身を起こす。すると、その反動ではらりと何かが床に落ちていった。

ブランケットだ。

……相楽さんが、掛けてくれたの……？

目を凝らして部屋の時計を見ると、針は夜の八時を差していた。

今日は、お仕事終わるのちょっと早かったんだ。よかった……。

見ると、テーブルの上には食事が置かれていた。

これも運んでくれたんだ。冷め切ってしまう前に食べないと……。そう思うのに、
体が鉛みたいに重くてソファから動けない。

しばらくそうしていると、やがてリビングのドアが開いた。

「……相楽さん」

「起きたか。電気つけるよ」

「……はい」

急な眩しさに思わず目を細めた。

「どっか具合悪い？」

「ううん、そういうわけじゃ……ちょっと疲れただけです」

「そう。じゃあ早いところ飯食べな」

「……今日はあんまりお腹すいてなくて」

「食べてもらわないと困る」

「でも……」

こんなのワガママだってわかってる。

でも、本当に食べれる気がしないんだもん……。

相楽さんはしばらくわたしを見つめたあと、「はあ」と長いため息をついた。

「わかった。俺も一緒に食べる。それなら少しは食えるでしょ」

呆れられた、と思った矢先にそんな声。

思わず顔を上げた先には、優しい笑顔があった。

絶対に喉を通らないと思っていたのに、いざ口に入れるとすんなり飲み込めた。

冷え切っていた指先もだんだんと体温を取り戻していく。

向かいでは、相楽さんが同じものを食べている。それだけでとても安心できた。

どうにでもなればいいという投げやりな気持ちも、いつの間にか薄れて。

「実は今日帰ってるときに、駅のホームでお母さんを見つけたんです」

「ふうん」

おかしいハナシ、この至ってどうでもよさげな相槌のおかげで、気負うことなく打ち明けられる気がした。

「わたしの降りる駅じゃなかったんですけど、思わず追いかけちゃったんです。お母さんは男の人とふたりで、薬指に立派な指輪もしてました」

「まじか。それも借金のカタにすればよかったな」

悪びれなくそう言われて。

なんか、それが本当に相楽さんらしくて。

「……ふふっ」と思わず笑ってしまう。

全然笑えるハナシじゃないのに、おかしい。

わたしはとうとうおかしくなったのかと思ったけど、……そうじゃないみたい。

相楽さんに話したことで、〝すべてがどうでもいい〟だったのが、〝わたしがお母さんに捨てられたことは、もうどうでもいい〟と思えた。

もちろん、傷ついた。叶うことなら愛されたかったと思う。

だけど今、わたしには一緒にご飯を食べてくれる人がいる。

それだけで、十分に満たされている。

「それで、ですね！　困ったことに、三者面談があるんですよ……っ」

相楽さんとはんぶんこしたご飯の残りを一気にかきこんで、その勢いで次の話題に移った。

「あー、三者面談。あったなあ、そういう行事……。それで、冬亜はいつ？」

「二週間後の木曜日……放課後の最初の枠です」

相楽さんがスマホを開く。

「それなら俺行けるよ」

「え？　……ええっ⁉」

さっきまでシカバネと化していた自分から出たとは思えないくらい、大きな声が出た。

いやでも、当然の反応だと思う。

「ほ、本気で言ってますか……？」

「うん。病気を理由に退学させるシナリオを立ててたとき、俺が冬亜の親戚だっていう偽装書類を一通り作ってもらってたからね」

「……な……え、相楽さんがわたしの親戚？　ギソウ、書類……？」

躊躇《ためら》いもなく、そう、とうなずく相楽さんに開いた口が塞がらない。

「〝相楽〟じゃなく〝鈴木《すずき》〟の運転免許証も保険証も戸籍謄本《とうほん》も、まだ事務所にあると思うよ」

〝鈴木〟は、わたしの苗字だ。

「じゃあ、じゃあ相楽さんは、わたしの親戚の〝鈴木さん〟に擬態できるってことなんですね……？」

「そういうことだね」

瞬きを繰り返す。

にわかには信じられない。

身分証を偽装するって犯罪じゃん……いや、裏オークションとか開催してる組織だからもともとアウトなんだけど……あれ？

頭がこんがらがってきた。

「お母さんが来れないなら、先生には二者面談でお願いしようかなって思ってたんですけど……本当にいいんですか？」

前のめりに尋ねるわたしの傍らで、相楽さんはのんびりとお箸を置いて言った。

「いいよ。じゃ、当日はよろしくね……〝冬亜チャン〟」

淡い恋情

「やばい！　あの人イケメンすぎる、誰……っ⁉」

そしてやってきた二週間後の木曜日。

──三者面談当日。

女の子たちのわあわあきゃあきゃあ騒ぐ声が聞こえるなあと思ったら、その中心には相楽さんがいた。

忘れてた。相楽さんはものすごく綺麗な顔をしてるんだった。しかもスタイルもよくて、魅惑的なオーラもあって……。

いっきに焦りが募る。

サングラスしてきてくださいって言えばよかった。いや、それだと逆に目立っちゃうかな……？

そんなことを考えているうちにも、相楽さんは教室のすぐ手前まで来ていた。

みんなの前で名前を呼ばれるわけにはいかないと思い、なんにも知らないふりを装って廊下に出る。

それから、先に談話室に行ってますってジェスチャーと口パクで伝えよう……そう思ったのに。

「あ、〝冬亜チャン〟お待たせ」

相楽さんが、見たこともない人当たりのいい笑顔でそう言った。

「あ、はい……どうも」

みんなの視線を一気に受け止めながら、そんな返事が口をついて出る。

〝親戚のお兄さん〟への対応の仕方、ぜんぜんわかんないよ……。

「えっ、お兄さん、冬亜ちゃんの保護者さんなんですか？」

「若〜い！　イケメン〜!!」

「よかったら連絡先交換してくださいよー」

今から三者面談なのに、女の子たちが相楽さんを離してくれない。

ていうか、みんないつもわたしのこと〝鈴木さん〟って呼ぶのに、こんなときだけ〝冬亜ちゃん〟って……。普段からそう呼んでくれたらいいのに……。

ちょっと、もやもや……。

相楽さんがその子達の腕をやんわり解きながらわたしのほうに歩いてくる。

そんなとき。

「あのっ、これ私のインスタのIDです！　よかったら連絡待ってますねっ」

クラスで一番モテるサキちゃんが、そう言ってメモを差し出して。

相楽さんは、躊躇う素振りもなくそれを受け取った。

心臓が、ドク……と嫌な音を立てる。

「わー！　よかったねサキ！」

「ID渡すとか強すぎ～」

「美男美女でお似合いすぎる！　サキなら、一緒にご飯くらいは行けるんじゃない？」

背後で飛び交う声を聞いていると、もやもやがよりいっそう強くなった気がした。

担任の先生には、お母さんは体調が悪いので来られませんとあらかじめ伝えておいたから、相楽さんが現れてもびっくりされることはなかった。

先生は、相楽さんがわたしの親戚だと疑いもせずに、いつもよりワントーン高い声でわたしの成績について話し始めた。

視線の先はずっと相楽さん。わたしが主体の面談のはずなのに、なんだか透明人間にでもなったかのような感覚。

年上の女性の目も釘づけにする相楽さんって、やっぱりすごい……。

「冬亜さんは全教科まんべんなく平均点を取るので、逆に感心ですよ……！」

満面の笑みでそんなことを言われて、恥ずかしさのあまり消えちゃいたくなりながらも、なんとか無事に終了し。

「冬亜って天才だったんだね」

と、帰りの車で相楽さんにからかわれた。

「どれが得意でも不得意でもないので、テスト前に全部まんべんなく頑張った結果いつもまんべんなく平均点になります……」

静かな車内に相楽さんの笑い声が響く。

なんだか今日……いつにも増してご機嫌？

可愛い子から、連絡先もらったから、かな……。

せっかく相楽さんが三者面談に来てくれたのに、初めから終わりまでもやもやしっぱなし。うまく笑えてる気がしない。

サキちゃんと相楽さん、並んだら、ほんとにお似合い、だったな……。

三者面談の緊張もあってのもやもやかと思っていたけど、夜ご飯を食べてもお風呂に入っても、消えるどころか、もっとひどくなって。

ベッドに入る頃には、もやもやが塊《かたまり》と化して、胸が苦しいまでになってしまった。

なにこれ。こんな感覚……知らないよ。

寝返りを打った直後、相楽さんが寝室に入ってきた。

「今日は面談頑張ったから、訓練免除でいいよ」

「……え？」

冗談だと思ったのに、次の瞬間部屋の電気が消えてびっくりする。

「え、あの……」

言いかけて、口をつぐむ。

いや、ここは「ありがとうございます」って言うところでしょ。いつもさんざん乱されて、朝、けっこうきついんだから……。

そう言い聞かせて目を閉じた。でも、一向に眠れる気配がない。

目をつぶっていても、サキちゃんが相楽さんにメモを渡す光景が何度も何度も脳内で再生される。

「相楽さん……」

なんだか堪らなくなって、ついには名前を呼んでしまった。

起きてますように。もう寝てますように。

矛盾したふたつの気持ちがぶつかるのを感じながら、反応を待つ。

「……なに」

返事が来た瞬間にドクリ。

相楽さんが暗闇の中でこちらを向く気配がしてドクリ。

わたしの心臓は、相楽さんの言動ひとつひとつに紐付けられてるみたいに反応する。

昼間は聞けなかったことも、相手の顔が見えない今なら聞ける気がしてきた。

「サキちゃんに、もう連絡しましたか……？」

しばらく返事がなくて、いっきに不安になった。

「誰それ」

「え？　……今日、相楽さんにインスタのＩＤ書いた紙を渡してた、可愛い子です」

「あー、あの女……。とっくに捨てた。お前ね、わざわざそんなこと聞くために起こしたの」

「えぅ、すみません……。ずっと気になって、なんか眠れそうになくて」

「へえ、嫉妬しちゃったか」

くすっと笑う気配。

また心臓が大げさに反応する。

嫉妬って……やきもちのこと？

「……そうなの、かなあ……？」

月明かりがカーテンの隙間から漏れて、だんだんと物の輪郭を捉えられるようになってきた。

「お前、ほんとに可愛いね」

そんな中で、相楽さんと視線が絡んだのがわかり。

また、ドクリと心臓が跳ねる。

指先がわたしの頬を撫でると、引き寄せられるように……唇が重なった。
「…………――」
丁寧にかたちを捉え、静かに離れていく。
ただ一度きりのキスの感覚は、優しさだけを残して夜に溶けていった。
――オークションまで残り二十五日。
このまま、時が過ぎなければいいのに……。
言えない言葉を抱いて、わたしはまた、心に固い固い鍵をかける。

side 相楽

『俺は上からの信頼が厚いからね』
――だから、大丈夫。
冬亜を安心させるときに使う都合のいいまじないのようなこのセリフも、あながち嘘じゃない。

ひたすら従順に生きてきた。ただそれだけなのに、得られた信頼はいつの間にか絶大なものになっていた。

事務所の役員連中のお気に入り。周りはそうやって俺を羨《うらや》むけど、そんな風に評されることに辟易《へきえき》している。

なんせ男同士の嫉妬の醜さには底がない。「幹部補佐」とかいうご立派な役職をつけられたせいで、最近増々いらない妬みを買うことが増えた。

上にあがりたきゃ勝手にしろ。

ああしろ、こうしろ。言われたことをこなすだけ。首を横に振らなければいいだけのハナシ。なにも難しいことじゃないはずだ。

誰もが望む、〝上からの信頼が厚い〟という評価。

譲れるものなら譲ってやりたいと思うほど心底どうでもいいものだったけど、冬亜を担当してからというもの、予期せず何度か役に立つことがあり、最近は捨てたもんじゃないなと思い始めた。

部屋に監禁するのではなく軟禁にしたことも。オークションまでのあいだ学校へ行くことも。見張りの付き添いなしで通学させることも。

俺じゃない人間が頼み込めば、ふざけるなと怒鳴られて終わり。

冬亜をひとりで通学させると言ったときは、さすがに少し渋られた、が……。

たかだか同僚にあの子を預けられるわけがないので、あの場では無理矢理こちらの要望を呑ませた。

どいつもこいつも「面倒くさい」と言いながら、心の内ではオークション行きの女を喜々として受け入れ、己の欲を満たすための道具として利用する。

冬亜の送迎を任せれば、すぐにでも車の中で犯しにかかるだろうな。

——想像したくもない。


「相楽。上で役員が呼んでる」

事務所ですれ違いざまに声を掛けられた。

よくあることだ。呼び出しと称して、与太話《よたばなし》の相手をさせられるだけ。

うんざりしつつ〝従順〟がしっかり板についている体は自ずと上の階へと向かう。

「お呼びでしょうか」

中に入れば、座れ、と視線で命じられた。

「相楽、その死んだ目いい加減どうにかならねぇりかあ？　取引先から苦情が来ちまうよ」

「そうですね。でもあなたはこの死んだ目が好きなんでしょう」

相手が煙草を咥えたので、火を差し出す。

「そんで……三者面談はどうだったんだ、話してみろよ」

「何事もなく無事に終わりましたよ」

「そういうことを聞いてんじゃねぇんだよ、わかるだろ？　そいうや俺も、お前の保護者として学校に顔を出してやったことがあったなあ」

そう言いながら煙を吹きかけてくるこの男は――かつて、俺の〝担当〟だった。

「立派に成長したよなあ。お前を商品にしなくてよかったよ。俺の目は間違ってなかった」

「その話はもう聞き飽きました。御用がなければ俺は仕事に戻ります」

「まあ、待て相楽。今日はお前に大事な話を持ってきたんだ」

急に声のトーンが落ちた。

この人、まだこういう声を出せたのか。

感心する一方で、嫌な予感が頭をよぎる。

「今までお前が担当した女は質が良いと、今、界隈《かいわい》でそれはそれは評判になっているんだよ」

「もともと質のいい女を俺に担当させていただけでしょう。俺は何もしてません」

「まあそう謙遜《けんそん》せずに。お前以外の男は、売られる女をかくまうと好き勝手に欲のはけ口として使ってボロボロにしちまうが、お前は基本放置でテキトーにメンタルケアするくらいだから、女がきれいなままで仕上がりがいいんだよ」

吐き出された煙が、次第に嫌な臭いを纏《まと》い始めた。

「それを受けて、ウチの特別なお客様が〝ぜひ相楽の担当の女を買いたい〟とおっしゃったんだ。オークションではなく、直々に」

「……そうですか」

そのセリフを冷静に噛み砕いて、とりあえず返事をする。

脈が少しずつ速まるのを感じた。

「それで、その女の値段だが……三億でどうかと」

「へえ。前回のオークションで一億五千万の上玉がいましたが……その倍ですか」

「そうだ。さらにお前の取り分を特別に一割上乗せしてやる」

「それはいい話ですね」

「だろう？」

「ええ。なにか裏があるのではと勘繰ってしまうくらいには」

まもなく、部屋に小さな笑い声が響いた。

「裏なんてないさ。まあ、強いて言うなら、金をはたく代わりに、お前はずっとここで働けということだ」

「それはあなたの利点でしょう。客側が大金をはたくのには、〝俺が担当している〟以外の理由がなにかあるはずです。教えていただけますか？」

「………」

苛立ちが募る。

仕草に表すな、と己に言い聞かせた。

「鈴木冬亜……お前の報告によれば、まだ生娘《きむすめ》だそうじゃないか」

「………──」

まさか、と息を呑んだ。

「まだ男を受け入れたことがない体……。加えて相楽が担当している女だということで、大変お気に召したようでね」

「………。そういうことでしたか」

「しかも、初期の報告では感度もよく声もよく、〝見込みがある〟……と言っていたね。俺はお前の目を、誰より信用している」

上の連中からの信頼、信用。まさかそれが裏目に出る日が来るとは思わなかった。

この男の言う通り、俺は自分が担当した女を欲のはけ口に使ったことは一度もない。それどころか、今、冬亜に教えているようなこともしたことがなかった。

――する気も起きなかった。

女の品質を調べるための初めの事務的な行為さえ、すべて同僚に押し付けてきた。

自ら触れて教えるのは冬亜が初めてだった。

冬亜がまるで経験のない女だと知ったとき、面倒な商品を押し付けられたとうんざりしていた。

はず、だったのに、いつの間にか――。

「鈴木冬亜の引き取りは明日、土曜の昼だ。準備しておけ」

「ずいぶんと急ですね」

「生娘に〝キズ〟がつかないうちに……だよ。わかったな」

従順に生きてきた俺は、逆らう方法がわからない。

「――承知しました」

頭が殴られたように痛かった。

兆し

「鈴木さん、鈴木さん！　昨日面談に来てた人、紹介して～お願いっ！」

「私にもお願いー！」

三者面談の翌日、わたしは教室に到着するなりたくさんの女の子たちに囲まれた。

紹介するのは難しいと返事をしても、何度も何度も食い下がられて、もうヘトヘト。

ようやく落ち着いたときには、放課後になっていた。

「冬亜ちゃん、ちょっといい？」

誰もいなくなった教室の机でぐったりしていると、部活に行ったはずのレオくんが教室の扉から顔を覗かせた。

そういえば、今日はレオくんと一度も話してなかった。

わたしが一日中女の子に囲まれてたから、身の危険を感じたんだと思う。

「レオくん、部活は？」

「体調悪いって言って抜けてきた」

「え？　大丈夫……？」

「抜けるための嘘だよ。冬亜ちゃんに確かめたいことあって」

真剣な顔でそう言われるので、思わず身構えてしまう。

「単刀直入に聞くけど、昨日の面談に来てた人……冬亜ちゃんの親戚じゃないよね」

「っ、え……」

すっと血の気が引く感覚がした。

「い、いや……親戚の人だよ、いとこなの」

「中学の頃、冬亜ちゃんは、いとこもはとこもいないって言ってた」

「……っ」

ハッと胸を突かれる。

そういえば、そんな会話をしたこともあったっけ……。

「そのときはまだ親戚の関係を詳しく知らなくて、いとこがいたのを、つい最近知ったというか……」

「鏑木先輩が、冬亜ちゃんの苗字を〝相楽〟だって勘違いしてた」

「……え？」

息が止まりかける。

ここで、どうして鏑木先輩が……。

「鏑木先輩もおれと同じバレー部なんだよ。今まではろくに会話もしたことなかったけど、この前、〝冬亜ちゃんとよく一緒にいるよね？〟って話しかけられて……どういう関係か聞かれた」

「……、……」

言葉が出なかった。

まさかレオくんと鏑木先輩に繋がりがあったなんて……。

「冬亜ちゃんは今、相楽って人と一緒に住んでるんだよね。鏑木先輩はそいつのことを冬亜ちゃんのお兄さんだって言ってた」

「それ、は……」

「なんか変だと思ったから、冬亜ちゃんの苗字も、お兄さんってのも否定しなかったけど……。これ、どういうこと？　ちゃんと説明して」

心臓が激しく脈打って、思考を妨《さまた》げてくる。

どうしよう、どうしたら。

そう考えるばかりで、なんの言い訳も思い浮かばない。

「あの母親が出ていったって聞いて、もしかしてとは思ってたけど……。冬亜ちゃん自身が借金のカタにされてんじゃないの？」

「……っ！」

「やっぱりそうだ！　体で稼げとか言われて相楽って人の家に置かれてるんだ、違うっ？」

追い詰められた。ここまで詳しく言い当てられて、言い訳ができるはずがない。

もう観念することにした。

誰にも言わないでと念入りに前置きをしてから、これまでの経緯を一から順にレオくんに話した。

オークションのことはさすがに伏せた。

相楽さんの家に住んでいる理由は、「わたしが高校を卒業して夜の街にあがるまでの見張りのため」と説明して。

そこには疑問を持たれずに済んで、ホッと安堵《あんど》する。

「そっか……。とりあえず、高校卒業まではまだ猶予があるんだね」

「う……ん」

「よし、それまでになんとかしよう。今は見張りがあるから下手に動くのは危険だけど、念入りに計画を練れば絶対に逃げ切れるよ。逃げ切って、その相楽ってやつを警察に訴えるんだ」

「っ、でも……、相楽さんは悪い人じゃないの、」

思わず口を挟んでしまった。

レオくんの鋭い瞳がこちらを向く。

「は？　何言ってんの……？」

「本当、だよ……。相楽さんの会社が悪いことをやってるのは本当だけど、相楽さんは、わたしが落ち込んでたら一緒にご飯を食べてくれたり――」

「まさか、好きになった、とか言わないよね」

「えっ……えっと……」

ちょうど昨日、自覚した……とは、とても言える雰囲気じゃなく。

それでも勘が鋭いレオくんは、わたしの反応を見て察したみたいだった。

「冬亜ちゃん、自分が何言ってるかわかってんの……？　相手は犯罪者だよ！」

びく、と肩が震える。

犯罪者……。そうかもしれない。そうかもしれないけど……。

「目ぇ覚ましなよ。自分を監禁してる奴を好きとか……ただ洗脳されてるだけだから」

「か、監禁されてるわけじゃないよ。だって、こうして学校にも来れてるし、それも、相楽さんが上の人に頼んでくれたおかげで――」

「っ、冬亜ちゃん！」

聞いたことのないレオくんの怒号が教室に響いた。

びりびりと鼓膜を揺さぶられる。

レオくんは少し息を乱していた。

「急に怒鳴ってごめん。でも……冬亜ちゃんの好きって気持ちは絶対に〝勘違い〟だから、それだけはわかって……」

「勘違い……？　なんでレオくんがそんなことわかるの？」

「わかるよ。ストックホルム症候群の事例とまったく同じだから」

「すと……る、む……症候群……？」

わからない単語に首を傾げることしかできない。

「〝ストックホルム症候群〟。監禁されたり人質にされた被害者が、加害者に対して愛情を感じてしまう、精神的なストレス障害のことだよ」

「……え？」

「本当は憎むべき相手でも、長時間一緒に過ごしてるうちに〝自分は相手に好意を持ってる〟って脳が勘違いを起こすんだ。精神科学でも証明されてるから、調べてみて」

静かにそう告げて、レオくんは去っていった。

レオくんはあんな場面で、でたらめを言う人じゃない。ストックホルム症候群という精神障害は、きっと実在するんだろう。

わたしの相楽さんへの気持ちは、勘違いなの……？

電車の中でも、マンションに着いてからも、そのことが頭からひとときも離れなかった。

たしかに……相楽さんの会社は、違法な金利でお金を貸したり、違法な取り立てをしたり。挙句、人身売買にも手を染める黒い組織だけど……。

相楽さんの優しさは本物だった。その優しさに救われたことが何度もある。

でも……。

──『本当は憎むべき相手でも、長時間一緒に過ごしてるうちに〝自分は相手に好意を持ってる〟って脳が勘違いを起こすんだ』

憎むべき相手……たしかにそう。

わたしは相楽さんの手で商品として育てられて、オークションに出される。

長時間一緒に過ごしている……。これも当てはまってる。

「──冬亜」

名前を呼ばれてハッと顔を上げた。

「夕飯手つけてないじゃん。どうしたの」

わたしが座っているソファの手前に屈み込んで、顔をのぞき込んでくる。

その瞳も優しい。

「また俺と一緒に食べようか」

その声も優しい。

「……冬亜？　……なんで泣いてんの」

涙を拭う指先も。

そこから伝わる体温さえ……この人は全部優しい。その優しさに、どうしようもなく胸が熱くなって。

どうして、一瞬でも疑ってしまったんだろう。

こんなに胸が熱くなるほどの気持ちが、〝勘違い〟なはず、ないのに……。

「相楽さん」

「うん？」

「……好きです」

涙と一緒に、ぽろっと零れ落ちた。

「ごめんなさい、わたしは商品なのに……、好きになって、ごめんなさい……っ」

我に返った途端、次から次へと涙が溢れて止まらなくなった。

なんで、言っちゃったんだろう。

ちゃんと鍵を掛けたのに。固い固い鍵を掛けたはずなのに。

この恋は、叶わないのに……──。

わっと声を上げて泣いてしまった。

やがて相楽さんに抱きしめられると、余計に止まらなくなる。

相楽さんは、わたしが泣き止むまでずっとそうしてくれていた。


いつの間にか泣き疲れて眠っていたらしい。

ソファの上……相楽さんの腕の中で目を覚ました。カーテンから微かな光が差している。もう夜が明けた……みたい。

そんなとき。

「冬亜」

時計の針が刻む音だけが聞こえていた室内に、静かな声が響いた。

矢先、カチャ……と無機質な音が鳴る。

見ると、相楽さんの手の中に、わたしのチョーカーがあった。

「……、え？」

外されたチョーカーと、相楽さんの顔を交互に見つめる。

「なん、で……？」

「鍵は事務所が管理してるとは言ったけど、俺がスペアを持ってないとは言ってないからね」

「……、そういうことじゃなくて、外したら……監視ができなくなる、のに」

「いいよ。もうその必要ないから」

言ってることがますますわからなくなる。

「冬亜、自分の事情を打ち明けられる友達はいる？」

「え？　うん……」

真っ先にレオくんのことが頭に浮かんだ。

「その人の家の場所はわかる？」

「わかる、……けど」

「じゃあ今からここを出て、その友達の家に行くんだよ。俺は知らないフリしとくから」

ここまで聞けば、いくら頭が悪くても相楽さんの言いたいことはわかってしまう。

つまり、逃げろってこと……？

「いきなりどうしてですか？　わたしが逃げたら、相楽さんの首が飛ぶって言ってたでしょ……？」

「急遽《きゅうきょ》、オークションを待たずに冬亜が買い取られるって聞かされた。引き取りは今日の昼」

「え……、きょ、う？」

「そう。俺はまだ冬亜の体ぜんぜん仕込めてないし。金にならなかったら困るから、とりあえず逃げて時間稼いできて」

パニックになるわたしをよそに、相楽さんはあくまで淡々としていた。

「あんまり時間がないんだよ。そこのほぼ空っぽのカバンと制服持って、すぐ出ていって」

「えっ……で、も……」

「大丈夫、すぐ迎えに行く。俺は冬亜を誰よりも高値で売れる状態にしてから競売に出すって決めてるんだよ。……ほら、急いで」

そんな言い方をされると、まだ話が完全に呑み込めていないのに、急ぐしかなくなってしまう。

　とりあえず、言われるままに荷物をまとめた。

　ここに来たときと変わらず、大きなバッグ一つに余裕で収まってしまうくらいの荷物。

「引き取りにきた人に、わたしがいないことをどうやって言い訳するんですか？」

「上手いこと考えてあるから心配無用」

「……首、飛びませんか？」

「ずっと言ってるでしょ。俺は上からの信頼が厚いから大丈夫だよ」

　相楽さんがそう言うなら、きっと大丈夫なんだろう。

　いつも余裕たっぷりで、抜かりがなくて……商品の管理人として、本当に〝優秀〟だから。

「わかりました。じゃあ、また……」

　お辞儀をして玄関に向かおうとしたとき、温かい手に引き止められた。

「そういえば冬亜、俺の下の名前知りたがってたよね」

「え？　あ、はい！」

「春人《はると》」

「はると、？」

「うん。〝春〟に〝人〟で春人。覚えといて」

まさか今になって教えてもらえるとは思ってなかったから、つい口元が緩んでしまう。

優しくてあったかい、相楽さんにぴったりな名前だ……。

「ありがとうございます。……じゃあ、あの、次からは、春人さんって呼んでもいいですか？」

「……、好きにすれば」

「っ、ありがとうございます！」

相楽さんの手が離れたので、名残惜しいけど今度こそ玄関へ向かった。

時間がないとわかっていてもつい振り向いてしまう。

「本当に、すぐ迎えに来てくれるんですよね？」

「うん。約束する」

今日引き取られてとつぜん相楽さんに会えなくなるより、すぐに迎えに来てもらったあと、オークションの期限まで相楽さんと過ごすほうがいいに決まってる。
わたしはそのとき天秤にかけて下した安易な決断を、信じて疑わなかった。
〝すぐに会える〟
そう、思ってたのに——。
それから一年経っても、相楽さんがわたしを迎えにくることはなかった。

小さな手

「冬亜ちゃん、おはよう」

キッチンのドアを開けると、トーストの香ばしい匂いがした。

レオくんがそれをお皿に載せながら、テーブルまで運んできてくれる。

「わあ～、美味しそう。ありがとうレオくん」

「うん。それより急いで食べないと遅刻するよ。いつも言ってるけど、いい加減二度寝する癖直しなよ」

「……今日は相楽さんが夢に出てきたから、もう一回寝たらまた会えるかもって思ったんだもん……」

「…………」

はあ、とレオくんが長いため息をついた。

「もう無駄だってば。あいつは冬亜ちゃんを迎えに来なかった」

「……うん。そうだね」

「ねえ、冬亜ちゃん。今日でもう一年経ったよ。冬亜ちゃんの返事、聞かせて」


──あれから一年。

わたしは高校二年生になった。

相楽さんにチョーカーを外された日から半月くらいは、迎えに行くって言葉をすっかり信じて待っていたけど、日が経つにつれて絶望へと変わっていった。

思えば、相楽さんは『迎えに行く』と言いながらも、わたしの逃げる場所は聞かなかった。

そのことに気づいたのは、オークション開催予定日をとっくに過ぎてからだった。

我ながらなんて間抜けだったんだろう。

わたしのチョーカーを外した瞬間から、相楽さんに『迎えに行く』って選択肢はなかったんだ。

優しい相楽さんのことだ。

わたしが相楽さんを『好き』と言ったから、同情して、気持ちに応えられない代わりにと逃してくれたんだと思う。

それとも……わたしの気持ちが鬱陶しかったから、手放したのかな……。

真実を知ることはもうできない。

結局わたしは、相楽さんに愛されることも、価値のある商品になることもできなかったんだ……。

レオくんには、あれからずっと家に泊めてもらっている。

わたしはアルバイトを再開して、家賃は折半。

レオくんには相楽さんを好きだという気持ちを何度も説明して、勘違いじゃないと認めてもらった。

――『僕だってずっと冬亜ちゃんのことが好きだったよ』

そう告白されたのは、半年くらい前。

まさかレオくんがわたしを好きでいてくれたなんて今でも信じられないけど、その日から定期的に気持ちを伝えてくれていた。

――そして今日が、その返事をすると約束していた日。

「……ごめん。やっぱり、まだ相楽さんのこと忘れられないの……」

そう言って、わたしは深く頭を下げた。

「それでもいいよ。冬亜ちゃんのそばにいたい、絶対幸せにする。だからお願い、おれと付き合って」

初めから返事は決めていたのに。

震える声と、真剣な眼差しに触れると、どうしても心が揺らいだ。

相楽さんを好きな気持ちは変わらない。

でも……レオくんは、ずっとわたしを支えてくれていた。

こんなに想ってくれてる人を、わたしのわがままな未練を理由に、傷つけてもいいの……？

「冬亜ちゃん……」

「……っ」

――一瞬、頷きかけた。

レオくんの気持ちに、いつかは応えたい。

……でも、この手を取る前に、わたしはやるべきことがある。

「ごめんレオくん。やっぱり中途半端な気持ちのまま返事したくないんだ。ちゃんとけじめをつけてくるから、もうちょっとだけ待ってて」

そう告げて、わたしは部屋を出た。

「はぁっ、……はぁっ……」

懐かしい駅の改札を降りて、記憶を辿りながらその道を走る。

相楽さんに会えなくなってから、何度も何度も足を運ぼうとしていた場所。でもそのたびに足が竦んで辿り着けなかった場所。

今日は日曜日。

日曜日が相楽さんの固定休だった。

マンションまでの道、部屋の番号も覚えてる。

迎えに来てくれなかったから、会いに行くのが怖かった。

でも今日は……次に進むために、自分でけじめをつけるために〝お別れ〟を言うんだ。

だから大丈夫。会いに行ける。

繁華街の裏の通りに出るとそのマンションが見えた。もう、少し……。

鼓動が激しくなってくる。赤信号を待つ時間も惜しい。

すぐ近くの繁華街と裏腹に、ここはまったくと言っていいほどひと気がない。

もう渡ってしまおうかな、と思いながらもきちんと待って。

信号が青に変わった瞬間、足を踏み出した——はず、だった。

「鈴木冬亜……やっと捕まえたぞ」

そんな声が聞こえたと同時、視界が反転する。間もなく視界を塞がれ、体が宙に浮いた。

「事務所に運べ」

瞬時に状況を把握した。

相楽さんに逃してもらったあと、わたしはずっと事務所の人に探されていたんだ。

高校はバレてたはずだけど……今まで捕まらなかったのは、人目があったからかもしれない。

レオくんのアパートも人口密集地の一角にあるし……。

なんて、そんな冷静に推測している場合じゃない。

せっかく相楽さんが逃がしてくれたのに。

ここで捕まったら、また迷惑を掛けちゃう……っ。

「おい暴れるな！　じっとしろ！」

怒鳴られて身が縮こまった。

もうだめ、だ……。

涙が滲んだそのとき。

「その女……俺に貸してください」

わたしの鼓膜を揺らしたのは……ひどく、懐かしい声――。

刹那、胸の中心が確かな熱を帯びた。

「んだよテメエ、若造のくせに……」

「おい、やめとけ。こいつ役員共の〝オキニ〟らしいぞ。今日付けで謹慎《きんしん》が解けたって……」

「あぁ？　だからなんだってんだよ。……おい、あんまでしゃばってんなよ相楽」

――やっぱりそうだ。相楽さんだ……っ。

自分の状況を差し置いて胸が高鳴った、次の瞬間。

「……ガタガタ抜かすな。その女から手を離せ」

鈍い音とともに、体がぐらりと傾いた。

――地面に落ちる。

とっさに覚悟したけど、いつまで経っても、衝撃は襲ってこない。

ふと、煙草の匂いが鼻を掠めて。

その姿を捉える前に、涙が零れた。

おそるおそる目を開いた先には、……ずっと会いたかった人。

「冬亜、」

「っ、相楽さ――」

そんなわたしの声は――パンッ……という、短い破裂音にかき消された。

わたしを抱きしめていたはずの体が、崩れていく……。

その動きが、やけにスローモーションで流れた。

「さがら……さん……？」

地面に力なく横たわる体。

赤いシミがみるみるうちに広がって……いつの間にか、わたしの足元にまで及んでいた。

「さがらさん……返事し、て……」

自分の声が、どこか遠くで聞こえる。

ひどい眩暈がする。頭が割れるように痛い。

銃声を聞きつけたのか、だんだんと周りに人が集まってくる。

誰かが救急車を呼んでいる。

わたしの背中を、誰かがさすって、何か必死に声を掛けている……。

答えなくちゃと思うのに、わたしはただ荒い呼吸を繰り返すだけ。

やがて聞こえてきたサイレンの中で、わたしは両手で祈るように相楽さんの手を握った。

side 相楽

仏の顔も三度まではよく言ったもので、〝上からの信頼が厚い〟という切り札も、四度目は効力を発揮してくれなかった。

女ひとりを逃がしてもお咎め程度で済むだろう、という甘い考えは見事に打ち砕かれ。

待っていたのは一年間の謹慎処分。

もちろんウチの事務所の謹慎処分は、出勤停止なんてぬるいものじゃない。

時間の流れがまったくわからない場所で、耐えがたい折檻《せっかん》が施される。

『いっそ殺して楽にしてやろうか』

幾度となく囁かれたセリフに頷きはしなかったものの、死んでもいいという考えは俺の中に常に存在していた。

俺は十二歳まで、とある富豪夫妻の養子として育てられていた。

元は夫と愛人との間にできた子供だったが、正妻が子どもを産めない体ということで、俺を養子として引きとったらしい。

勉強はもちろん、あらゆる分野の教養や礼儀作法を厳しく身に付けさせられた。

ところが、ある日子どもを産めないと言われていた正妻の妊娠が発覚し、俺は用済みになった。

捨てられた先で、冬亜と同様オークションに出される予定だったのが主催者側の役員に気に入られた流れで、そこで働くこととなり今に至る。

非常につまらなくて、非常にくだらない人生。

死にたいとも思わない代わりに、生きたいとも思わない。

『死ね』と命令されるのなら、躊躇わずに死んでみせよう。

それくらい従順に——自分の意思なく生きてきた。


もう冬亜と会うつもりはなかった。

俺とは関係ない、綺麗な世界で生きていてほしかった。

『じゃあ、あの、次からは、春人さんって呼んでもいいですか?』

……バカだな。次なんてあるわけないのに。

いいや、バカなのは俺のほうか。次がないとわかっているなら、名前なんか教えなきゃよかったのに。

冬亜の記憶の中で生きていたかった……なんて、笑える。

撃たれたとき、そこまでの驚きはなかった。なんとなくこうなる気がしていたし、こうなってもいいと思っていた。

――だけど。

〝相楽さん〟

暗闇に落ちていく中で、何度も何度も俺を呼ぶ声が聞こえて。

指先に、よく知った体温を感じて。

この小さな手だけは――絶対に離したくないと思った。

エピローグ

相楽さんが撃たれた事件をきっかけに違法な裏オークションなどが明るみになり、事務所の幹部、役員らが逮捕されたとニュースになっていた。

機密情報の管理が徹底している組織だったために取り調べが難航していたけれど、相楽さんが自分の過去を含めて洗いざらい話して解明に至ったらしい。

相楽さんは、幼い頃から強制的に労働を強いられていた被害者として、大きな罪には問われなかったと聞いた。

「もう、それはそれは憎かったですよ、相楽さんのこと……！」

——相楽さんが退院してから、初めての週末。

学校帰りに相楽さんのマンションに直行して、今日はそのまま泊めてもらう予定だった。

一年以上ぶりにふたりきりになれたことが嬉しくて、今日は思い出バナシに花を咲かせようと思っていたのに。

せっかく入ったベッドの上で、なぜかわたしの口からは、止めどない文句が次から次へと零れ落ちていた。

「だってもうっ、あの日、学校に行ってこいみたいなノリで、今すぐ友達のところに行けって言われて、まさかそれからいきなり会えなくなるとは思わないじゃないですか……っ」

「あのときは時間がなかったんだよ」

「それで、相楽さんが迎えに来ないってわかってても、毎日毎日考えて、考えすぎて嫌いになっちゃいそうで」

「………」

「なんかもう、途中から好きなのか憎いのかわからなくなって……っ」

そこまでまくし立てた瞬間、じわっと涙が滲んだ。

それがスイッチになって、うわーんとみっともなく声を上げて泣いてしまう。

「あーよしよし、ごめんね」

相変わらず機械みたいな棒読みだ。でもそれすら愛しい。

「俺も、一年も謹慎受けることになるのは予想外だったんだよね」

「うぅ……そんなこと言って、最初から迎えに来る気なんてなかったくせに……」

「うん。なかったよ」

「……………」

また、悪びれることもなくそんな風に言う……。

「だって俺が迎えに行ったら、冬亜は他の男に抱かれることになるでしょ……こんな風に」

「ひゃあ……っ」

トン、と押された体が、あっけなくベッドに沈む。

目の前に影が落ちて、唇が重なった。

「ん……っ、う」

一年前と同じ体温がわたしを捉える。

指先が輪郭を優しくなぞると、あの日々の熱がすぐに蘇った。

うっかり、すぐ溺れてしまいそうになる。

……だけど。

「え？　えっと……もうオークションはないんですよね？」

「……は？　俺がなんのために取り調べで自分の過去まで晒して事務所潰してやったと思ってんの」

「そ、うですよねっ。だったらなんで……あ、同情ならいらないですよ……っ」

なんとか働いた理性が止めに入る。

「同情？」

「わたしが相楽さんのこと好きだから、キスしてくれたんですよね……？」

もう訓練の必要はないのにキスをするなんて、そうとしか考えられない。

「冬亜が何言ってるかわかんないんだけど」

「ええっ、だって、好きでもないのにこういう、こと……」

申し訳なさに語尾がゴニョニョと小さくなる。

そうして俯きかけたのを、またしてもキスで遮られた。

再び重なった唇に、いよいよパニックになる。

「～っ、や、なんでっ」

思わず腰を引けば、「好きだよ」と、なんでもないことのようにそう言われて。

「――、え？」

わたしはしばらく、時間という概念を失った。

「す……き？　相楽さんが、わたしを……？」

「そうだね。言ってなかったっけ」

いつもなんにも変わらない淡々とした口調。嘘をついているとは思えなかった。

じわじわと、だいぶ遅れて胸の奥が熱くなっていく。

「え……それは、いったい、いつから……？」

「さあ」

「さあって……」

果たして本当に信じていいのか、不安になった矢先に。

「でもまあ、冬亜が数学の課題広げて寝てたときとか、料亭の息子から宅配受け取ってたときとか、あのときはもう訓練関係なく押し倒してた気もする」

「……っ」

さりげなく爆弾を落としてくるの、本当にずるい。

「そんなの全然知らなかった、っ、なんで言ってくれなかったんですか⁉」

「はいはい、ごめんて」

「うう……いつもそうやってテキトウだし……ほんとに憎たらしいです……」

「その憎たらしい男に抱き着いてんのは誰なんですかね」

ため息と同時に、背中に優しく腕が回って。

それから、ゆっくりと体重がかかる。

会えなかったぶんの時間を取り戻すように、距離を埋めるように、深くまで求めて、求められて。

「どう？　憎い男に一晩中抱かれる気分は」

「ぜんぜん物足りないです。……もっともっと、憎ませてくれないと」

ふたりで一緒に、甘い甘い夜に落ちた。

End.

あとがき

こんにちは、柊乃なやです。親に売られた冬亜と闇組織に務める相楽のお話、見届けてくださりありがとうございました。

普段から不良ラブを好んでよく書いているのですが、今回の売られた女の子と競売人というのは初めてのチャレンジ且つ個人的に攻めた設定だったので、緊張しながら書きました。しかし、それ以上に新鮮でとても楽しかったです！

冬亜が相楽に従順になろうとしていたように、相楽も幼い頃から従順でいることを強いられて生きてきたわけですが、相楽の従順さは現実への諦めから成り立っているのに対し、冬亜は現実を打破するために従順に徹しようという考えでした。

その前向きさに加えて、自分に正直すぎるあまり従順になりきれないところ（自分の食事を食べさせようとしたり、訓練に苦言を呈したり）が、相楽にとってすごく眩しくて愛しかったんじゃないかなと思います。

カバーイラストを担当してくださったくりゅう先生、お忙しい中お引き受けいただき本当にありがとうございました。表紙に一目惚れしてお手に取ってくださった方も多いのではないでしょうか。艶やかな黒髪、野性的で静かな瞳、どこを切り取っても麗しく眼福ですよね……。

刊行にあたり今回もたくさんのお力添えをいただきました。関係各所の皆様に心よりお礼を申し上げます。

こうして大好きな創作活動を続けられるのも、いつも応援してくださる読者様のおかげに他なりません。数ある作品の中から見つけてくださり、ページをめくってくださり本当にありがとうございます！　機会がありましたら、X（旧Twitter）やお手紙などでご感想をいただけるととても嬉しいです！

それでは、また別の作品でお会い出来ることを願って。

二〇二四年五月二十五日　柊乃なや

著・柊乃なや（しゅうの　なや）

熊本県在住。寒×暖カップルと主従関係が大好き。ケーキは至高の食べ物。現在は小説サイト「野いちご」で執筆活動を続けている。

絵・くりゅう

神奈川県出身の漫画家。2022年「花とゆめ」（白泉社）にて、「ウルフメルト」で佳作を受賞。趣味は映画鑑賞。

柊乃なや先生へのファンレター宛先

〒104-0031
東京都中央区京橋1-3-1　八重洲口大栄ビル7F
スターツ出版（株）　書籍編集部気付
柊乃なや先生

極悪非道な絶対君主の甘い溺愛に抗えない

2024年5月25日　初版第1刷発行

著者　柊乃なや ©Naya Shuno 2024

発行人　菊地修一

イラスト　くりゅう

デザイン　カバー　AFTERGLOW

フォーマット　栗村佳苗(ナルティス)

DTP　久保田祐子

発行所　スターツ出版株式会社
〒104-0031
東京都中央区京橋1-3-1 八重洲口大栄ビル7F
TEL 03-6202-0386(出版マーケティンググループ)
TEL 050-5538-5679(書店様向けご注文専用ダイヤル)
https://starts-pub.jp/

印刷所　株式会社光邦

Printed in Japan
ISBN 978-4-8137-1586-3 C0193